我们仍未知道爱的样子

What's the shape of_ LOVE?

/ 里吃香 / 著

中国华侨出版社

目 录 CONTENTS

002 / 相亲相爱的双胞胎

005 / 织女和牛郎

008 / 世界末日之前的永恒夏夜

011 / 擅长刺绣的少女

014 / 叛逆的红龙

017 / 瘦身患者

020 / 被遗忘的故事

023 / 逃跑计划

025 / 倔强的小锡兵

028 / 德拉威尔

032 / 好心的狼

037 / 怪物图鉴

039 / 大魔法师

048 / Rain makes everything better

052 / 写信的古代

058 / 寒冬夜行人

064 / 麦克斯韦门

069 / 面包仙

074 / 想要为万物命名的少年

079 / 毛毛虫的葬礼

085 / 王后
096 / 故事发展史
101 / 从前慢
105 / 失物招领
110 / 口号战争
115 / 讲话当真
126 / 小电影院
132 / 雪人星球
138 / 名叫乌鸦的少年
143 / 北极冰
151 / 勇敢的少年
156 / 守夜人
160 / 人生拼图
165 / 卑鄙的我
170 / 讲故事的人之一
177 / 对手机过敏的女人
182 / 故事，爱和冒险
198 / 少年图书馆
204 / 讲故事的人之二

chapter
/
01

相亲相爱的双胞胎

远离城市的小村庄里，住着一对双胞胎。他们家庭富裕，哥哥无须赶走弟弟，弟弟无须抢夺财产。他们的父母早亡，两人相依为命，住在山脚边大橡树下的房子里。

双胞胎长得很像——同样英俊。好像流落世间的王子，再加上父母双亡，如果有人耐心考证，相信一定能发现些什么。淳朴而富有同情心的村民相信着，隐隐约约地觉得双胞胎不同凡人。

双胞胎自打来到这里，村民就对他们很尊敬。兄弟俩的离群索居也让这种尊敬更加强烈。

不过，也许是太过相像，旁人很难分辨出哥哥和弟弟。他们都有棕黑色深沉的眼睛——好像古井一样，和深黑色的头发——如同黑夜一般。唯一的不同是弟弟额头有一小绺卷发。

也许是因为太过相像，兄弟两人不可避免地同时爱上了村里的一个姑娘。姑娘的美貌自不用言说，性格也百般温顺。她的善良让她无从抉择,她的父亲也无法帮她下定决心,因为在父亲眼里，她嫁给兄弟两人中的任何一个，都没什么差别。

在一个夜里，哥哥来到弟弟床头，还未开口，弟弟就知道他想说什么，于是两人同时选择沉默。半小时后，弟弟心中对哥哥的爱战胜了对姑娘的爱。弟弟说，你与她结婚吧。哥哥离开前拥抱了弟弟。

所有的村民都可以看到他们的幸福，尽管他们并未举办盛大的婚礼。一个星期后姑娘搬进了哥哥的房屋，而兄弟俩还是如往日一般上山打猎，然后回家吃姑娘煮的饭。

事情在一年后出现转折。有一天哥哥和弟弟上山打猎，遭遇一头母熊，也许是母熊因为丢失小熊精神受到了刺激，它攻击了兄弟俩，只有弟弟活着回来了。那一天村里所有人都能听到姑娘的号啕大哭，从那之后姑娘再也没有说过一句话。

弟弟的悲伤不比姑娘少，但一个男人的责任感告诉他，他不能失声痛哭。弟弟像往常一样朝出夜归，对他来说，这是一种更委婉的哭泣方式。然后，下定决心的他来到姑娘面前。

他说：“在山上，死的那个人是我，哥哥活了下来。”

也许是感受到了他的坚毅，姑娘摸着他的头，露出笑容：“比起哥哥，我更喜欢弟弟。”

chapter / 02

织女和牛郎

从前有一个姑娘喜欢洗澡，有一个小伙只会放牛。

姑娘叫作织女，小伙名字你来猜。

姑娘和小伙是男女朋友，几千年来他们都平平淡淡，相安无事。有一天，一个叫王母的销售员带着箱子来到姑娘面前，她说，姑娘，你的美貌如同天上的银河，但银河也有阴暗的时候。这里的香波可以让你更加美丽，让你在每时每刻都格外耀眼。

织女很高兴，她说，好心的王母，你想要我用什么来换香波。王母说，美丽的姑娘，只有你配用香波，你不需要付出任何代价。于是织女用了香波，更加爱洗澡，好像一个中国的静香。织女偶尔也会送给王母一些纺织品。

突然有一天，王母没有出现，织女怀着疑惑草草泡了会儿就结束了洗浴。第二天，王母仍然没有出现，织女开始觉得一天中最重要的时刻——洗澡，都不那么快乐了。终于到了第七天，织女开始感到不安。这时她才意识到，自己已经离不开香波了。于是，她第一次去了王母的宅邸。

王母的宅邸建在当地最高的山上。因为山高，所以寒冷，王母就多了一个一直泡在洗澡盆里的借口。这一天织女来到王母家，王母家金碧辉煌，让她目瞪口呆，她站在门口，听到王母唤她，好姐妹，快进来。于是她顺溜地进了王母天然温泉般的澡堂。

回到自己的茅屋，织女第一次觉得怎么都不舒服。她对小伙说，你去挣钱吧。小伙虽然不明白怎么回事，但是他实在太爱姑娘了，于是二话不说出去挣钱了。

但王母香波的种类和更新频率远远超过了小伙挣钱的速度。渐渐地，织女开始抱怨。她说，为什么我不能用最好的香波，为什么我不能住最好的房子，你是不是不爱我。小伙问她，爱是什么。姑娘说，爱是香波。小伙为买不起香波感到很愧疚。

后来，织女就开始很少回家。小伙每天在茅屋里郁郁寡欢。有一天王母来拜访小伙，当然小伙并不认识她，否则一定当场掐死她。王母说，英俊的小伙啊，你为何如此忧愁。小伙说，因为我没有钱买香波。王母说，我送给你一个工作，你到我那儿做事吧。

于是这个故事到了结尾的部分。小伙做了那份工作，生活开始富裕起来，有了香波，爱洗澡的织女也回到了他的身边。虽然有时会迷茫，但织女的话时刻提醒他，爱就是香波。

考虑到他做的工作，后来的人都叫他牛郎。以讹传讹，后来的人，都说王母用银币隔开了织女和牛郎。银币很多，所以叫银河。

chapter

/

03

世界末日之前的永恒夏夜

现在，如果你抬头看天，会发现我们城市的夜空并不那么干净，没有星星，月亮也只好被无视。据说之前并不是这样——之前，是指2012年之前。

古代的月亮也是美丽的，古人喜欢用不相干的诗句来赞美她，比如银盘啊、玉轮啊、夜光啊，种类繁多。奇怪的是无须解释，古人都明白所有词指向哪里。

然而最懂得欣赏夜空的是一群小城市里的孩子——兵兵和他的小伙伴们。这群住在中学家属院里的孩子们，晚自习的下课铃声一响，就搬着小板凳，坐到操场里，讨论一些宏大的问题。月亮在遥远的天上聆听。

这个宏大是真正意义上的宏大。孩子们都相信自己掌握着改变世界的力量。那是临近 2012 年的夏天，传说 2012 年世界就要毁灭。

月夜之下，孩子们的讨论声回响在空旷的操场里。怎么拯救世界仍然毫无头绪，他们却列出了许多世界毁灭的方式。那时候，未来的报社编辑兵兵还只是小兵兵，他说，世界可能会被外星人袭击。邻居家的君君显然更有创意，他说，世界会被机器人占领。未来的画家周周在那时就已显露天分，她的答案最出彩。她说，世界会被画进画里。

馋嘴的君君说："那我们能不能在画里画很多好吃的？"睿智的兵兵敲了一下君君的头："笨蛋，在画里怎么吃东西，那时候我们就不用吃东西啦。"

只有多愁善感的周周说："唉，不知道以后画里的星空，有没有我们的星空美丽。"

后来，比起拯救世界，世界如何毁灭反而变得更有吸引力。每晚，孩子们准时聚集，一人一个毁灭世界的故事，轮流做着掌握世界命运的暴君或女王。

然而无论多残暴和富有想象力的暴君，都决定留下夜晚的星星和月亮不去毁灭，这成为了一个共识。后来在周周的提议下，幸存名单里还加上了操场。她说，世界毁灭之后，我们就在夜空之下，坐在操场里面，讨论如何创造新世界。

随着 2012 年的临近，世界毁灭的方式已经有了上百种。由于孩子特有的心猿意马，几百个毁灭的种子还会随机地自由排列，生出变化。所以，我很难确定最终 2012 年是如何到来的。

我试着猜想，猜想，然后辨析。排除掉外星人侵略地球，以及地球被鲸鱼吞入肚子的可能（这个想法来自馋嘴的君君）。比较靠谱的一种说法是，世界毁灭的方式，是孩子们长大了。

突然有一天，他们不再在夜里分辨铃声，秘密集会，也无人再抬头聆听月亮。孩子们熟稔了月亮的每一种别称，然后丢弃了她。想象中的世界失去了他们的想象力，轰然倒塌。

最后，给我讲这个故事的人反复嘱咐我，一定要着重描写夜空的美丽（尽管我因为对夜空不够敏感，显得笨拙），也许那能给这个平淡的故事增添些许亮色。她说：“世界末日之前，我们曾经拥有最美的夏夜。”

chapter / 04

擅长刺绣的少女

古代东方的村庄里，少女们整日编织着珍贵的蚕丝。唧唧复唧唧，唧唧唧唧唧，如果你有幸在少女闺房的窗户下待一会儿，便能听到这奇妙的音乐。充满想象力的小伙，甚至能据此分辨纺织姑娘的美貌与否。

但是，有许多姑娘不那么热爱织布，比起织机，她们更愿意和窗外的花蝴蝶打交道。这些姑娘一般都不怎么漂亮（爱劳动的姑娘才美丽）。然而有一个少女却精通此道，女工里面，她尤其热爱刺绣。

清晨，姑娘在闺房里刺绣，绣出的图案线条分明。傍晚，姑娘在河边月光下刺绣，绣出的样子色彩斑斓。

姑娘本人喜欢后者，因为夜晚使人浪漫。

她收集晚霞的紫色和石榴的深红。淳朴村民的汗水在她眼中是土黄色，而春天的绿色，冬季的雪白，也都被她刺进了织布里。纳凉的村民常常能看到姑娘在河边用取自自然的色彩和来自西方的颜料为自己的蚕丝染色，娇小的脸上不时露出温柔的微笑。

开始时她的刺绣只是在闺蜜间流传，后来一些村民们也爱上了她的作品。新婚的村姑喜欢从她这儿讨来刺绣，为刚出生的婴儿做一件肚兜。姑娘感到高兴，被认可的喜悦使她的刺绣焕发出无比的活力。她的刺绣越来越出名。

有人说，姑娘的刺绣能赋予事物本身生命。出于对女子有意无意的轻视和人们自己的傲慢，这种传言很快就被反驳，然后销声匿迹。当时的文坛才子评论姑娘的刺绣，格调不高，难登大雅之堂。

这些言论并没有挡住刺绣的火热。渐渐地，官吏商人们附庸风雅地买来她的刺绣挂在东床之上，或是用刺绣来为自己的仕途疏通关系。村民们看她的眼神有时充满崇敬，有时则满眼谦卑。这两种情况都是姑娘所厌恶的。

姑娘情绪低落，她的刺绣便黯然失色。当有一天她绣出一整张只有灰色的布时，她明白，是时候告别了。

她决定为自己留下最后一张刺绣。于是她开始工作，这一次，她只想使用简单的线条和黑白两色。从早到晚，一整天过去了。

工作临近尾声，姑娘无声地啜泣起来，她的手指颤抖，恰如此刻我的手指（原谅我的手指）。她不小心刺破了指头。

终于，姑娘绣完了最后一针。扑哧一声，她像空气一样消失在原地，织布上出现了一个身着白衫桃尖顶髻的少女，栩栩如生。

最终，善于刺绣的少女，把自己绣进了刺绣里。

如果你有幸得到那张刺绣，请一定珍惜。你会发现在织布的右下角有一朵暗红色的花，那里混杂了姑娘的眼泪和鲜血。

chapter

/

05

叛逆的红龙

龙吟声划破平静，惊起了山谷中所有的鸟兽，这是红龙先生每日清晨的必修课。此刻他咂咂嘴巴，为自己威严尚存感到满足。

这片山谷是属于他的，他庞大身躯下的财宝，没有人能够夺走。无数年前他只身来到这片土地，击败了山谷之王，建造起自己的山洞。这才换来了自己清晨舒畅吐息的权利。

他最爱的财宝，是他的儿子，小红龙。

同样是在记不清岁月的日子里，他强占了一条母龙，以新晋统治者的身份令她为自己生下骨肉。新生的小龙血统纯粹，仅仅一点，他的肉翼单薄，像他平凡的母亲，除此之外，他简直像和红龙先生从一个模子里刻出来的一样。

红龙先生得到了母龙的身体，却没得到她的心，母龙产下小龙后甚至没有看一眼就离开了。尽管红龙先生并不在乎——所有龙都不在乎，他还是感到一丝挫败。于是他把这份遗憾转化成爱，全部灌注在小红龙身上。

你要成为真正的红龙。红龙先生这样教育他的儿子。

这一天他的儿子来到他的洞穴，他才发现，不知不觉间小红龙已有小山大小了。

“父亲，我要出远门了。”小红龙开门见山地说。

“哦？你甚至都飞不过山谷。哈哈哈，容我翻个身再笑，哈哈。”

小红龙低吟道：“但我善于奔跑！”如果他不是红龙，或者皮再薄些，你会看到他的脸上泛起了红晕。

“是吗？那又怎样，孩子，世界很大。”

“我说过我不是孩子了！对面山谷的小绿龙已经出门历险，我却在这里拿鸟兽取乐。”

“每条龙都有自己的路……等等，原来你想要统治更多，那么，我封你做王。”红龙先生用前爪抓起一个黄金王冠，扔在小红龙面前。

“父亲，我把这视为挑衅。”小红龙吐出一口火焰，愤恨地说。

红龙先生知道再也没有什么能够阻止儿子了。于是他换上一副愤怒的表情，说："如果你要统治，那么就先打败我，像我曾经对别人做的一样。如果你想历险，那么我是你的第一个敌人。现在，开战吧！"

"您是我最大的敌人，父亲。"小红龙扑向红龙先生。

无数个年头的懈怠，和根深蒂固的满足感，让红龙先生不知不觉已变得不堪一击。小红龙毕竟长大了。况且他不管不顾，而红龙却心慈手软。几个回合后，小红龙遍体鳞伤，红龙先生已经倒在地上。

像所有龙所做的一样，小红龙打败了老龙。

"再见，我的父亲。"小红龙捡起父亲赐他的王冠，用自己的火焰熔化了它。从今以后，他可以肆意处置自己的战利品。

"再见，我的儿子。"在龙王的低吟中小红龙已经平稳地飞远了。

原来他一直在练习飞行。

在那之后，龙王的心境不得而知，他仍然守护着自己的财宝，即使有的财宝已经失去。

无数年后的一天，化成人形的老红龙先生，站在一张自己父亲的照片前，手中把玩着包浆核桃，想起了年轻时自己的叛逆。

chapter / 06

瘦身患者

亲爱的姑娘，听说你要减肥。好，我举双手赞成，谁不喜欢身材苗条的姑娘呢。不过，在你下定决心之前，请容许我讲一个故事。

在古老日本的某一个时间点上，有一个相扑之国。这里的人们视相扑如生命，甚至高于生命。相扑国的国民珍惜他们身上的每一块肥肉像珍惜他们的财富一样。从某种意义上讲，那确实代表着他们的金钱、荣耀乃至人格。年轻的小伙为了争夺一个姑娘，通常会在城中央摆起台子，请来姑娘的父母，举行一场相扑比赛。每逢这种时候，城中就热闹非凡，台下挤满了相扑国的国民们。如果你细心看会发现，站在最前面的总是最肥胖的，因为他们地位最高。

因为爱情故事频繁发生，城中每时每刻都在举办相扑比赛。赢得比赛的小伙也赢得了他的姑娘——一个肉质鲜嫩的女相扑员，而输掉比赛的小伙要急着赶往下一场。观众中常常混杂着星探，他们在寻找明日之星。

同样，相扑国吃饭也离不开相扑。上好的肥肉和猪油只留给赢得比赛的人，失败者只配吃瘦肉和水果蔬菜。没有时间悲伤，如果不想一直当失败者，那么就快点赶下一场比赛。

然而吃上好食物的人往往更容易长胖，也就更易赢下比赛。长此以往，胖者更胖，瘦者更瘦。相扑城慢慢出现了明显的等级分化，重量级、中量级和轻量级。

有一个少年，在二十岁的时候只有令人怜悯的200斤体重。不知是他不思进取，还是他屡战屡败，总之他不再长肉，还有不断变瘦的趋势。重量级的人自然看不起他，连中量级和轻量级的人也每每侧目。而他自己也选择不再自取其辱，让人从相扑台上扔下来。

他每日靠捡来的瘦肉度日。也许饿昏了头，有一日他走到了城中央的相扑台旁。

台下的人纷纷对他投来鄙夷的目光，连台上的选手也大感扫兴。他们藐视的目光就像看一坨瘦肉精。终于，一个优雅的官员拉住少年说："你破坏了我们的比赛，一定居心叵测。走，我要抓你去见国王，让他亲自审判你。"

毫无疑问，相扑国的国王就是全国最胖、最重和最重要的人。

所以少年跪在国王面前，国王只是厌恶地移开眼睛，他支吾道："我判你有罪。罚你进健身房一个月，只许喝减肥茶。"一个好心的大臣提醒国王这会要了少年的命，于是国王补充道："态度良好，就赏你两斤肥肉。"

那是怎样的一个月，少年不敢去回忆。当他走出健身房时体重只有130斤，看着街上肥美的国民们，他对生活充满了绝望。"我一辈子都无法成为胖子了。"他在心里哭泣。

于是他选择离开。

他自制了一艘帆船，带着国王赏赐的两斤肥肉，漂洋渡海，开始他的旅程。风暴毫不留情地吹着瘦弱的帆船和瘦弱的他，许多次他都想放弃。

终于他在一个海岸停泊下来，这时他的皮肤已晒成了麦色，脸颊消瘦，他不敢想象自己的体重，因为他知道自己无法接受这个现实。尽管如此，意志消沉的他还是强撑着走向这座城市。

这个城市属于苗条国，顾名思义，这里以瘦为美。少年凭借他紧凑的肌肉和麦色的皮肤，一进城就成为了所有人的焦点。他顺理成章地被推选为国王。登基那天，大臣跪在他脚下，请他说出哪怕一条谕令。

"让我们……让我们不要歧视瘦子。"余惊未消的俊美少年说道。

chapter

/

07

被遗忘的故事

有一座城市，叫左耳城，城中住着善于遗忘的人们。城名源于一句谚语，左耳进，右耳出。表示健忘，再贴切不过。城市的建造者刚把上半句写在城门上，就忘了下半句。

左耳城的人们生活简单而幸福——因为健忘，所以幸福。在他们偶尔感到忧愁时，遗忘的力量就会抹去一切。左耳城的人是不记仇的，打个比方，在城南的小集市上，一个奔跑的少年刚刚撞倒了另一个少年，你一定觉得血气方刚的他们会大打出手，但事实是，被撞倒的少年帮撞人的少年掸去衣服上的灰尘，柔声说道：“没关系，没关系，反正转眼就忘。”

传闻不远处的对岸有一座城市，城名忘记了，总之那里面住满了善于记忆的人们，他们用纸笔帮助自己牢记，杰出者可以背一千零一个故事。左耳城的人们对此感到不解和震惊，城主甚至一时兴起立下一条法令：杜绝用纸。法令写在纸上，挂在城门上，然后他们把这件事忘了。

要我说，这完全没有必要。因为遗忘，左耳城的人自己没有故事，也对他人的故事毫无兴趣。他们的记忆长则几星期，短则数秒，要看被记忆的事情而定。

有一天，在这座城市里，一个少年爱上了一位姑娘。这段恋情几乎注定了不得善终，但少年和姑娘像所有年轻人一样，都固执地认为自己可以例外。事实证明，并不如此。在坚持了七个星期之后，遗忘率先击中了姑娘。

“亲爱的，早上好。”少年问。“您好，您是谁？”姑娘答。这使少年明白，这一刻终于到来，自己心爱的姑娘已经不在了。

“初次见面，但我爱你。”少年毫不气馁。

不知道这种相识重复了多少次，少年悲伤地意识到终有一天自己也会忘却一切。

某一日，趁着夜色，他只身逃往了记忆之城。说明来意，面见国王，一切都很顺利。看不出年龄的国王朗声道：“姑娘早已不是你最初爱的样子。既然这样，何不留在这里，这样你就永远不会失去她。你不用害怕，这早有先例。”

不等少年回答，国王又说：“或者你害怕孤独，只是想陪在她身边？因为她还像初识时一般美丽。那么你尽可以回去，我赐你纸笔，这也许可以暂时延长你的幸福。”

现在，选择吧。

关于少年最终的选择，后来的人们众说纷纭。有人说他永远留在了记忆之城，那里的人深爱着的是自己的回忆，少年成为了他们的一员，但后来渐渐不愿去回首往事。

有人说他铤而走险，一笔一画写下自己和姑娘那些被遗忘的故事。偶尔他也会写下城中其他人的故事，为了不再遗忘，讲给她和自己听。

可以确定的是，两座城之间每天都人来人往，熙熙攘攘。

chapter / 08

逃跑计划

众所周知，逃兵和勇士拥有同样悠久的历史。在沙场上，一些人突然惊醒或者走神，被血光覆盖，一些人也许想起家中的娇妻爱子，一些人本身就是孩子。总之，无论何种原因，他们选择了做一个逃兵。

逃跑，无论如何并不光彩。逃跑成功的士兵多数选择隐姓埋名，失败的士兵自然死在原地，这就导致关于逃跑的传说一直未有流传。关于逃跑的技巧也就更不得延续。

在所有逃跑的人中，有一位佼佼者。

据说他曾经是个王子，成年后自然而然地当上了国王，也自然而然地感到了厌倦。于是他开始了逃跑之旅，他谎称驾崩，偷偷返老还童，做了自己的对手——叛军的士兵。然后他又很快感到厌倦，扮成一名刺客杀死了叛军头子并取而代之。接着不出所料，他又杀死了“自己”，逃亡别国。

他有许多闲暇时间，事实上，在成为国王之前……哦，谁能想到特洛伊战争中，被海伦吸引的麦尼劳斯和帕里斯，其实是同一个人呢。

史书中对他多有记载，或者说，他匆忙的身影在史书中时隐时现。他以各种语言的名字出现，英文、拉丁文、法文乃至古老的中文。每当有人对他的身份有所怀疑时（时常会有人觉得佛祖和耶稣理念其实差别不大，诸如此类的证据使他们沉思），他就熟练地逃走。所以时至今日，都无人能探知他一鳞半爪的秘密。

我说，时至今日，是因为，他从一开始就逃过了时间的追捕。他是一位真正的大师，没有什么能困住他。

“那么，他现在逃到哪里了呢？”姑娘抬起头问讲故事的男人。

“不知道，他还在逃。”说完男人轻轻拥抱姑娘，站起身来。

chapter / 09

倔强的小锡兵

“你看天边的晚霞，它多么美丽，它的红色在我的眼睛里。你看地上的草地，它多么柔弱，它的青色在我的手指上。你看奔跑的犀牛，你看电视机里的北极熊，还有午后的猫，在树枝上打盹。”

“你为何如此悲伤？”

欧洲北方的一座小城里，一个中年工匠正对着桌子上的小锡兵倾诉衷肠。

“现在出门，外面是怎样的春色。你能相信吗？他们说我是灰色的，整个城市里只有我一个人不信。我不是的，我现在就带你去外面，敢不敢？我相信我会说我敢。”

工匠把小锡兵摆在眼前，看着它的眼睛，为它抚平额头的头发——准确地说，那是他的，都是用他的头发粘起来的。

“你什么都不懂。”他突然把锡兵用力扔在地上。士兵在地上弹跳翻滚，每发出一声响动工匠就捂住胸口，做出一个悲伤的表情。声音未停，工匠已经捧住锡兵，把他好好地放在桌子上。

幸好它只擦破了皮。“衣服破了。”工匠说。他正在动手调制颜料。

“然而只有你听我说话了。隔壁的姑娘——但愿她是个好姑娘，我只有幸透过窗子看到过她的一截小腿。楼下的老头，他只有在收房租和送饭的时候出现。外面的世界，我很久未亲近。事实上，它们也不值得我亲近。”

“好吧，也许是我嘴硬。深夜出门？好主意，你真的那样想吗？但我不会，我不会。既然我已经决定将自己和他们隔开，那么我就不会做任何妥协，哪怕是悄悄地。”

说话间，工匠已经为锡兵涂好了颜料，现在锡兵穿着一件大红色的礼服。

“瞧你多美。不过，毕竟没有我想画的那种美，我的手太笨了。况且无限的红只有在想象中才会存在。”

他停顿一下。

“就好像，最美的景色只在我的想象中存在一样。就让我待在房间吧。具体的事物太易使人厌倦。云彩会散，草地会枯，而在它们真正消散之前，我就已经感到无聊。就让我的北极熊，永远在我脑海中走来走去。”

“请原谅，这是我爱这个世界的方式。”

工匠讲完最后一句话，把小锡兵轻轻地丢在身边的箱子里，好像它和他再无关系。那里放满了各色的锡兵——其实在外人眼里它们大同小异。但出于职业道德，工匠还是觉得该给自己的作品一个名字。

“你叫，‘倔强’的小锡兵。”工匠第一次也是最后一次这样称呼它。收锡兵的商人已经在外面敲门。

chapter

/

10

德拉威尔

风平浪静，太阳高悬的某一天，一艘大船刚刚驶进德拉威尔的港口。动作缓慢的码头工人懒散地为大船绑好大锚，安置木板。一切照旧。

舱口打开，第一个出现的人却让他们眼前一亮。一个女人，一个东方女人，在那时并不多见。——码头工人对女人总是格外敏感，何况这位姑娘飘扬的黑发，小巧的五官，都表明了她的身份。最先看到姑娘的工人立刻指给自己的伙伴看。

“在那儿。”她提起裙摆。

“不对，我看到她在啊。”姑娘混进了人群里。

“我看到了，她很高对吗？”一个工人指点道，“提着灰色的箱子。”

“蠢货。姑娘很小巧。她的箱子是红色的。”说话间人群已经散尽，姑娘消失得无影无踪。码头工人叹息一声，为一天中小小的艳遇感到既高兴又遗憾。

经过一天的跋涉，这位姑娘敲响了德拉威尔郊外一个大庄园的木门。

打开门的是仆人，真正迎接她的却是一位公子。初次见面，公子听了数次，又找来仆人一起听，才确定了姑娘说的是“你好”——hello。

这是一个日本女生。

备好纸笔，姑娘开始写下自己此行的目的。原来，她是庄园主人在日本的私生女。现在，女大当嫁，她需要征求自己父亲的意见。

只停顿了片刻，姑娘又写道：但现在我到了，庄主并没有来迎接，想必是去世了。毕竟年月已久，我也不抱什么希望。最后，姑娘用日本人特有的温柔语气说，要不我走吧。

公子几乎是抢着表明身份：我是庄主的养子。请你务必留些时日。

但姑娘似乎并不开窍，或者是语言障碍太过巨大。她时常表现得非常懵懂，而少年只以为她思乡心切。

于是他每日带着她到处游历，或者是在自家庄园打转，或是在森林里捕捉野味。

姑娘有很多疑问，他都一一回答。

“这是什么果子，很甜。”

“这是葡萄。”

“这是什么液体？红色。”

“这是葡萄酒。”

“为什么我喝了会头晕。”

“因为里面有很多葡萄，太甜。”

“为什么我们要喝它？”

“……”公子不知如何作答，只好装作没有听懂姑娘的话。

终于到了离别的时候，公子明白已经没有尝试的必要了，于是亲自把姑娘送到港口。“嗨，我又看到她了。”码头工人说。他又将延续一天的小小幸运。

公子的心情却非常沉重，以致他什么都没说，也不敢问姑娘是否明白自己的心意。匆忙间他递给姑娘一包葡萄种子。

最后，他还是不知晓她的想法。

在姑娘离开的许多年后，一个风平浪静、太阳高悬的日子里。公子在家中读着报纸——那时已经信息发达，世界像一个轮子一样疯狂地向前。也许已经有电视也未可知。但此时此刻，公子翻着报纸，在报纸角落的世界趣闻里，读到一条消息：日本，葡萄产量突破 30 万斤。日本某城市开展葡萄节。

在消息的结尾，标注了日语中“葡萄”的拼写：デラウェア。

懂日语的朋友一定知道，这个词的读音，正好与德拉威尔相同。

chapter

/

11

好心的狼

在一个油绿色的夏天，少年在山谷里放羊。他忧愁地甩着鞭子，却不是抽向羊背——他不舍得。他的鞭子抽在地面上，发出一声声清脆的响声。鞭头被石子擦破了皮，他倒是一点儿不心疼，很显然，这是个不那么专业的小羊倌。

更多则是因为他的漫不经心，漫不经心是因为孤独——那种感受，多年后从事某个名叫长途卡车司机职业的人，最能体会。少年走到空旷的山谷里，树叶在他头顶上严丝合缝，他就没来由地感到无趣。

其实山谷外面，就是他的村庄，但显然没什么用，村庄里的人都少言寡语。还不如——此刻他靠在一棵松树下，掏出纸和笔，写下：十八岁给我一个姑娘！

“我内心肿胀啊。”少年大声喊道，声音在山谷回荡，很快变成了“肿——肿——肿——肿，胀——胀——胀——胀”的渐变效果，从山下听好像是山谷在为自己长了个肿瘤恼怒。

所以没有人理他。

少年只脸红了一下，很快恢复过来，他毕竟读过书，这次他喊出他该喊的句子：“狼来了！！！”

尽管这一次听起来也不尽如人意，好像怀春少女在喊“郎来了”，但他面前还是瞬间出现了众多村民。“怎么了？”村民问。“我寂寞啊！”少年答。村民把少年痛骂一通之后很快走掉了。

少年毫不气馁，待村民走远之后，气运丹田，又喊出一声字正腔圆的“狼来了！！！”

已经走掉的村民又重新出现。“怎么了？”大家又问。“我好孤独。”少年抚摸着山羊的脑袋说。村民这回确定了，眼前这个人是在耍他们，是该给他一点儿教训，于是把他暴打一顿，然后以更快的速度消失了。

果然，当缓过气来的少年再次喊出“狼来了”时，只有山谷里的回音响应他。

而狼这次真的来了，就站在他面前。

少年这才后悔莫及，他尖叫了三声，山谷就跟着他尖叫了六声，他在地上打了个滚儿，狼不动声色地注视着他。

然后他突然想起，在山谷的另一边还有一个人，或许她能救他。那是一个姑娘，一直在山谷的另一边放羊。有关姑娘的画面在他脑海里飞快闪现，长久以来他们的对话都局限在“你想来找我吗”“我不想来找你”“我也不想来找你”“那你别来找我”“那你也别来找我”的阶段。他们好像两个骄傲的小孩，一直玩着你不信我那么我也不信你的游戏。

脑海中漫长的画面，现实里只有数秒。沉默的狼眼看着少年眼角滑出一两滴泪。接着少年开口说话：“亲爱的狼先生，我还不太想死。不如我们玩一个游戏，如果我能叫来人救我，你就放过我。”

也许是因为狼先生同样离群索居太久，他也很想知道是否有人愿意相信少年。于是他说：“我答应你，不过你每说一句话，我就要吃你一头羊。”

少年喊出姑娘的名字：“山谷那边的姑娘，请你回答我。我需要你的帮助。”说话间一只羊被扑倒，少年脸色一沉。

“山谷那边的小伙，你又有什么事，不是说好谁都不理谁的吗？”

“我遇到了危险，这里有一头凶恶的狼，亲爱的姑娘，请你一定来救我。”又一只羊被咬破了喉咙，但狼并不急于吃它，任由可怜的山羊鲜血流干。

“是真的吗？不是你骗我来见你的诡计？”那边的声音停顿

了一会儿，“那么我很快就来救你。”

“不。”少年眼见狼的凶残，突然醒悟，心知素未谋面的少女如果到来，只会成为狼的食物，于是他说：“等等……不要来，狼太过凶狠，我会想办法，请你去找人帮忙。”尽管少年知道救兵来到时自己早已被吃掉。

但少年的话语反而坚定了姑娘的决心：“我这就来救你！”

少年灵机一动，语气一变：“亲爱的姑娘，我只是试探你，我这里并没有狼。我想骗你来见我，您瞧，我显然快要成功了。”又一只羊死掉了。

“真的吗？您当真如此卑鄙？”

“真的，我很抱歉，但这只是无害的玩笑。”

“我不会来见你。”

“我不稀罕你来见我。”

“我绝对，根本，不会去见你。”

“那么正好。”少年知道羊已经所剩无几，他不想看到更多血腥，索性闭上眼睛，“不要来。”

“还有我爱你。”

说完最后一句话，山谷的那边没有回音。少年抱着最后一只瑟瑟发抖的羊，向狼走去。

于是故事终于到了结尾的部分。后来究竟发生了什么，其实并不确定，有人说狼早已吃饱喝足，索性放过了少年。有人说山谷那边的姑娘从一开始就在召集村民，说话间正向少年走来，每说一句话都盼着少年还活着。

“总之，少年和姑娘后来幸福地生活在了一起。时常有人看到他们在山谷里一起放羊，显得很般配。”

靠在松树上的少年写完文章的最后一句话，合上手中的本子，长叹一声，抚摸身边的山羊。山谷里，从头至尾，一棵树，一个人，几只山羊，一笔，一纸。

孤独好像一匹狼，但他有时也会放过一些人。

chapter / 12

怪物图鉴

有一种大鸟，立地能飞几十丈，幼鸟就有成年老鹰大小。他们飞行的时候全身羽毛光滑，好像涂了油一样，是暗紫色的。不飞的时候羽毛就变成了白色。但他们只有死的时候才不飞，所以没人见过白色的大鸟。他们飞过头顶的时候，总有公鸡母鸡嫉妒地咕咕直叫。大鸟就说：你们懂个毛。

有一种猫咪，动作很灵巧，毛是白色的，跑起来像一阵风。她快得好像没人能抓住她一样，不过她的脖子下面很柔软，你帮她揉揉她就会顺从地扭腰。有时候她也会故意让人抓住她，你得意地给她梳理毛发，却不知道你才是那个被抓住的人。

有一种岩石，在火山、沙漠和海底都会出现。那种岩石是纯黑色的，叫黑曜石或者什么，也可能什么都叫。他是做刀具的上好材料，但这种石头很倔，怎么锻都锻不好。聪明的小孩捡到这样的石头，就把他在黑屋子里放一夜，然后给他讲好多故事，再趁他不注意一下把他摔在地上。岩石就像鸡蛋一样裂开了，孩子会说：呀，他的心好软。

有一种松鼠，个子挺大，通体黄色的毛发，摸起来是毛茸茸的，好像猫的耳朵，一点儿都不吓人。没人的时候她习惯用后爪走路，空出前爪梳理头发，经常有匆忙的旅人惊鸿一瞥，把她误当成森林里的精灵。久而久之就有了美人鼠的传说。如果你也目睹了她的美丽，可能会被小小地电一下。

有一只恐龙，是最后一只霸王恐龙。他游走在森林和山区的边缘，羞于让人见到。因为他有严重的哮喘，走几步就呼哧呼哧喘粗气。（后来他不停缩小自己的身体，这种情况才好转。）如果有好心的哺乳动物试图帮助他，他就傲慢地扭头走掉。他只吃草，所以很瘦。看到哺乳动物，他最爱说的话就是：讨厌你们，讨厌你们。或是，世道中落，礼崩乐坏。

有一种冰块，因为化得太快，所以来不及讲故事啦。

有一种小鸟，身体肥胖，说起话来粗声粗气，所以没什么朋友。他晚上不睡觉，睁一只眼闭一只眼站在树上，好像夜晚的守护者。他会咕咕咕咕地叫，或者嘟嘟嘟嘟地叫。他一咕嘟，就爱讲故事。

chapter / 13

大魔法师

帝国的最后一位魔导师，背靠在藤椅上动了一个念头，然后帝国灭亡了。后世的人常常用此例来佐证他魔力的强大，也有人斥责他把人民扔进了战乱之中。对于这些话语，他从不反驳。一次醉酒后他坦言：“其实我什么都没做，是时间摆平了一切。”

“在现实面前我和你们一样无力。”

说话间他随手把一只杯子变成兔子，作为对这句话的注解。邻座的人为魔导师的幽默露出得体的微笑。

随着魔法源泉的消失，魔法师之后再无魔法。魔导师大人只能凭借体内残存的魔力，完成C级以下的咒语（如今似乎连魔法分级都不再需要了）。而昔日炙手可热的魔法大学堂也早已用关闭来避免无学徒可教的尴尬。如今已经没人能感召冥冥中魔力的召唤。

在魔法兴盛的时代，魔导师有填海造陆之能，可在伸手间毁灭一片沙漠，甚至能使用那最终的魔法，穿越时空。因为魔法源泉里有无穷的魔力，他要做的只是感知它，熟稔地念出魔咒，然后将魔力引导出来。当然，其中也有一番艰难，并不是所有人都能成为魔法师。

但每个人都可能成为魔法师。

他曾经以为自己无所不能，直到有一天他隐隐约约触摸到某个屏障。那天他在街上碰到一个小姑娘，准确地说，是小姑娘碰到他。小姑娘手中的冰激凌弄脏了他最爱的长袍。

“瞧瞧你都干了什么！”常年的傲慢让他毫不掩饰自己的怒容。

“对不起，对不起。”

小姑娘只是不断地道歉，为自己的莽撞感到抱歉。——她一点儿也不害怕吗？眼前的人可是一位发火的大魔导师。

道歉之后小姑娘低下头不再说话，好像很伤心。

原来，这是一个盲女孩。

魔导师这才知道自己的失言在无意间伤害了小姑娘。他变出一朵玫瑰花，接着又把玫瑰变成兔子，兔子变成老虎，老虎变成老鹰，老鹰变成一整支军队。最后他突然意识到自己的无力，从始至终，小姑娘都没有笑一下。越热闹，她就越伤心。

他的魔法唯独不能改变人心。

幡然醒悟的魔导师感到沮丧，更沮丧的是，作为一个大魔导师，他对自己的沮丧毫无办法。他回到家，只一声叹息，南怀王朝就毁灭了，魔法之源消失，他再也无法做任何弥补。

在无可挽回后他反而释怀。

“至少要让她开心。”魔导师想。

他找到了盲女孩——没使用任何魔法，只依靠一家一家地叩门。在小女孩面前他竟像少年一样羞涩得说不出话，连他本人都感到吃惊。突然一个小男孩挡在他身前，张开双臂。他从男孩倔强的眼神中读出了他的意思。

“别误会，我没有恶意。”

“……”

“我是来向她道歉的。”魔导师指了指男孩身后的盲女孩。她抿着嘴一言不发。

男孩的双臂没有放下，但看得出眼神变柔和了。

其实魔导师不知道自己为何道歉，只不过是小事一桩而已，在以前，他招惹的人不计其数。现在却对一个小女孩心软。他想，一定是年龄和对魔法逝去的惋惜在作祟。

“我是个魔导师。”他环顾家徒四壁的房间，接着说，“你们要什么我都能给你们。”

没想到这触怒了小男孩。“滚出去，不要再伤害我妹妹。”他说。

“我可是魔导师！”

“你是个傲慢的可怜人，根本不懂什么是魔法。”

魔导师灰头土脸地被赶出门外，自始至终盲女孩没有说一句话。不知道为何，他的骄傲却没有发作。“我至少比你们这些小毛孩懂魔法。”他小声嘟囔，没什么底气。他知道，从今往后，他唯一能成为的只是一个平庸的魔导师。他作为魔导师的骄傲是魔法之源逝去的唯一遗物。

就在这时，盲女孩从屋子里跑出来。“对不起，我哥哥太不懂礼貌了。我把我的冰激凌给你吃。”

魔导师没有说话，因为盲女孩径直撞在了他的背上。居然，又一次把他最爱的法袍弄脏了，而他居然又一次控制不住地勃然大怒。

女孩哇哇地哭出来：“对不起……我不是有意的。”

“滚开！”他吼道。

女孩哭个不停。

“也许我真的是个蠢货。”他懊恼地说。

他想到了离开。

于是他念动那个最终的咒语，打个响指，把自己传送到千年之后。魔法完成了，他体内的魔力所剩无多，他现在几乎像一个小学徒。

熙熙攘攘的大街上，人群在他身边涌动，却少有人看他一眼。

“您是街头艺术家吗？”一个提着包的小伙看到他古怪的装束后问道，不等他回答，小伙就扔下一枚硬币匆匆走掉。

“你会做什么？”又一个路过的行人问。

“您能让高脚帽里飞出鸽子吗？”终于有一个小女孩停下脚步。

“当……当然可以。”他一脸错愕地照做了。

“您是怎么做到的？”魔导师不知如何回答，他只是默念咒语，像往常所做的一样。

“您真是一位好魔术师。”小女孩接着说，她鼓起掌，表情郑重地放下一枚硬币，然后笑着跑开了。

花了足足五秒他才反应过来自己被当作了什么，他极力克制，没有生气。

每一天，每一个时辰，魔导师都站在原地。

他哪儿都不去。并不是因为胆怯，而是熟稔世事后的疲惫使然。但这并不妨碍他对路人予取予求。

“您能让鸽子跳舞吗？”

“没问题。”

“您能飞起来吗？”

“当然。”

“您能变出一朵玫瑰吗？”

“可以。另外，你的女友很漂亮。”

“您能毁灭世界吗？”

“呃，不能，我有点累了。”

尽管体内储存的魔力一点点减少，他却毫不在意，反而自得其乐。自然，他的神奇很快让这座城市的人们慕名而来，人群里混杂着记者。所有人都想一窥他的秘密，却没有人成功，他似乎没有丝毫破绽。也有人想摸清他的来路，当然也失败了。于是煞有介事的好事者断定：他一定在等待什么。

有一天，魔导师看到一位垂头丧气的少年。

“你怎么了？”

“我的生活太过无趣，我每天都闷闷不乐。我就像你。”他指了指魔导师，“站在原地。”

少年默默地倾诉着自己的不如意——生活没有希望，除了上班就是上班，每个明天都像昨天，他不知道该做些什么。自己只不过是人类平凡的一员……

在少年的喃喃自语中，魔导师低声吟唱咒语（随着魔力减少，他确实变弱了，需要辅助）沮丧的少年并没有错过接下来发生的奇景——星星点点的萤火虫在天空中飞舞，使他不自觉地抬起头。在他们这样寒冷的城市，这几乎是不可能的。“这些星星，今晚只为你闪耀。”魔导师笑着说。

“喂，有没有多余的硬币？我还有一个很棒的魔术。”

魔法使人们相信奇迹。

“年轻人，你为何如此匆忙。”一个中年人在广场上焦急地踱来踱去，偶尔趴下身子寻找着什么。

“我的戒指丢了，那是我送给未婚妻的一个‘约定’。她今晚就要离开这座城市了。”

“是这枚吗？”魔导师摊开右手。

魔法使人们得到安慰。

一个老人找不到回家的路，在大街上踌躇。魔法师在他面前扮出一个大大的鬼脸，然后施展魔法，治好了他的健忘。

“这次是免费的。”

“记忆在我脑海里涌现，我又变得清醒。瞧瞧我都做了什么，我无缘无故对老伴发火，和儿媳赌气离家出走……更糟糕的是我差点忘记自己所做的一切。而你，你给了我挽回的机会，你一定有真正的魔法，我要把我亲历的东西告诉别人，别人一定会说我瞎说……”老人不知该如何表达自己的感受，他难以抑制心中的激动。

魔法使人们审视内心。

那个小女孩又出现了，这次她想听鸽子唱歌。她扔下一个硬币，双眼闪着光，盘腿坐在地上静静等待。

“魔法使人幸福。”魔导师轻声道。

魔导师变出一群鸽子，它们乖巧地停在小女孩四周。一开始很小声，后来越来越响亮，然后响彻整个广场，它们甚至有不同的声部。仔细听，那是一首《欢乐颂》。

人群向这边聚集，他们惊叹眼前的奇迹。在这欢快声中，魔导师拨开人群，走进小巷。念动最后的咒语，伴随着一个响指，时光从他身上剥离，魔力一点点地回到他的身体，他感到自己在不断地倒退。他睁开眼，盲女孩站在他面前，如最初一样无助。

他用千年时间来“学习”真正的魔法，对她来说只是短短的一瞬。

“对不起……我不是有意的。”盲女孩说。

“没关系。”魔导师笑道，这次他知道该做些什么。他抚摸小女孩的双眼，于是她不再盲了。她的眼睛也是那么闪闪发光，好像星星。他伸出双手，于是两个冰激凌出现在他手中，他和她，正好一人一个。“哦，也许该给你哥哥留一个。”他拉着女孩的手，和她向家走去。

真正的魔法是改变人心。

从现在起，他终于可以做一个“普通人”了。

一个会魔法的普通人。

至于魔导师袍子上的印记，他把它绣在衣角，像一朵冰激凌花。他说要留作纪念。

“太美了。”《欢乐颂》结束，人群和鸽子一起散开。连小女孩也不知何时不见了，广场上只剩下一个少年。

这个少年，就是那个郁郁寡欢的孩子。他本不相信奇迹，直到他遇到魔导师。在刚才，他一直注视着魔导师，看着魔导师在《欢乐颂》中向外面走去。他跟过去，却只看到空荡荡的小巷，于是他明白这个男人从此之后都不会再回来了。

几个星期之后，广场上多了一个“变魔术”的少年。只要有人投下一个硬币，他就讲一个有趣的故事。他最常说的话是：

“每个人都有属于自己的魔法（笑）。这是我的。”

chapter
/
14

Rain makes everything better

传说很久以前，一个姑娘擅长折纸。她折出山川河流，花鸟鱼虫，吹一口空气，就能赋予它们生命，一切自然而然。她隐居在某座迷宫里——当然，那是由她自己制造的，谁都没有真正见过她，但一部分人选择这样相信。

姑娘有一双巧手，却很粗心。一次她折出一朵美丽的花朵，担心鲜花干枯，于是把它插在花瓶中，自己则动手制作下一个作品。等她回过神来，鲜花已变成绵软的湿纸片。姑娘感到有些伤心，她平缓了一下心情，然后把新折成的面包投进了烤炉。

家里的小猫小狗是她折成的，它们既不会乱叫，也不会撞坏东西，优点多多，姑娘很爱它们。有一天小猫从高处阳台上坠落，所幸身子轻盈，才不致摔伤。后来姑娘在一棵树上发现了小猫，把它带回家去。

小狗也并非无灾无难。一次它不巧碰倒蜡烛，尽管姑娘眼疾手快，及时用水扑灭火星，但小狗还是烧焦了自己的左腿。小狗留下后遗症，走起路来一摇一摆，再不敢靠近火炉。

折纸姑娘和小狗小猫幸福地生活在一起，无忧又无虑。

有一个小女孩，住在一座小城市里。她从小性格孤僻，任何时候都显得忧心忡忡。她的家人为了舒展她的眉头，递给她一张彩纸，然后她便不可抑制地爱上折纸。一张纸足以抹掉她的泪滴，也可以消除她的怒容，而A4纸效果尤佳。

在女孩十八岁的时候，她变成了一个喜欢折纸的孤僻少女。

生活里的繁多事物让女孩感到厌倦，她的朋友形容她“像纸片一样美好和稀薄”所以“不近人情”。事实上，她也没有多少朋友。

她的折纸生动漂亮，但终究没有生命。

一个偶然的机会，女孩听闻折纸姑娘有一双神奇的手，决心拜访。她一路向北，坐火车，搭汽车，风餐露宿却不知疲倦。尽管如此，她并没有找到折纸姑娘。她明白，一个人决心把自己藏起来，是很难被找到的。

某一天，她旅行到一个大城市，突然想要停下来。为了避免太过无聊，她开始读夜校，白天则在饭馆打工。洗涤液和钢笔都让她的手变得粗糙，这使女孩非常困扰。于是过了一段时间，她再次离开，并在另一座城市停下。

她以自己都没注意到的方式，继续着对折纸姑娘的寻找。

终于有一天，女孩在网上得知了折纸姑娘的所在。很幸运，正是这座城市，徒步就可以到达。女孩立刻出发，十几分钟后到达了被指引的目的地，一座临近菜市场的大楼。无数反光的玻璃窗和嘈杂的人群让她一瞬间明白了“迷宫”真正的含义。

犹豫了一下，女孩选择走楼梯，她几乎出于刻意地忘掉走过的层数。然后她敲开那扇大门，折纸姑娘正在等待。

“您好，请您教我，怎么赋予折纸生命。”

折纸姑娘微笑地引领女孩进门。女孩注意到，她的手非常柔软，她笑起来有皱纹。

“你先坐下，我给你倒杯水。”姑娘说。

女孩以为折纸姑娘没有听清自己的话，又重复了一遍。

“喵”的一声猫叫，一只猫，真正的白猫，从房间里跑出来。姑娘把它抱在怀里，对女孩招招手，说出那个她们都心知肚明的答案：

你知道，它们只是折纸而已。

但的确让你的生活变好了。

这次拜访就在这里结束。

很久之后，传闻有一个女孩很擅长折纸。她住在城堡中，折出有生命的折纸，偶尔在淘宝网上出售。

她一个人生活，无忧又无虑。

chapter

/

15

写信的古代

有一个独居的男人，中年丧偶，生活寂寥。他的宅邸空荡而僻静，坐落在京城远郊。在妻子死前，这里曾经也有许多雕花和摆件，有许多阳光和美好。在她死后，男人酗酒，像幽灵一样整日整夜地在房间里游走，时常被繁杂的器物以及附着其上的过往记忆绊倒。于是男人索性把它们全部当掉，换回美酒，继续醉生梦死。

家具很快就被当光，然后是小物件。除妻子的遗物之外，全部用马车拖走。连床榻也变得不再必要，男人醉酒之后，在地板或院中的枯叶上和衣入睡。

唯一提醒他时间流逝的，是每月送来的五担供奉。当仓房被篮筐摆满，自己也不再对运送供奉的小哥冷眼相对的时候，男人知道，有个女人真正地从他生命里消失了。

并没有花费过多的时间，他戒了酒。

打开窗户，他拿起扫帚，将落叶扫至墙角。他购置物件，首先搬回的是一张檀木桌，一把木椅。做完这些，他气喘不止，趴在桌子上休息。他意识到，整个宅邸都是静谧的，这很好。但有一些生机，也很好。

第二天，他领回一只暹罗猫。

又一日，他收到一封信。信面素雅，白纸一张。男人认定这是一场恶作剧，把信扔在桌子上。然而入夜后，他又忍不住拿起这封信，久久端详。

“只当是用来抵御漫漫长夜。”他想动手给信的主人回信。

信中，他不谈风月，也不谈天气。因为写今日晴空万里，等对方收到信，也许这里已经阴雨绵绵，这或多或少是一种欺骗。

他想谈自己的生平，谈亡妻和自己对亡妻的思念，又羞于启齿。于是他开始讲一个故事——这无疑更加委婉。

“男子与她在河边相识的时候，手中提着脏了的衣物。男子家中贫困，无闲钱雇用下人，所以只好自己捣衣。但他一介书生，手脚笨拙，几次把衣衫掉入水中，沾上不少污泥。到了这时候，只好尴尬一笑。抬起头来，正好瞧见她用袖子遮着脸，只看得见眼睛在笑……”

男人将信寄出，生活继续，心里有些萧索。他每日逗猫取乐，也偶尔写一些公文折子，终于等来了回信。

“然后呢？”信中写道。这正是他所需要的。

“她帮男子捣衣，之后的事则顺理成章。起初，他把诗句题在秋叶上：手如柔荑，肤如凝脂，颈如蝤蛴，齿如瓠犀，螓首蛾眉。之后，他在她闺房下扮鸟鸣，引她对答。很快，他们终于可以直接相见，执手相见泪眼，竟话不停歇。

“然而男子家贫，女子的父母自然极力拆散他们。无奈，男子进京赶考——他本就要去，这件事使他的计划提前了。他渴望考取功名，衣锦还乡，骑着高头大马迎娶女子。

“实际上，他几乎做到了。喜讯传来的时候，女子正在闺房之中，手拿他送的秋叶，一惊，把叶子撕碎了。”

写到这里，男人产生了一丝疑虑。女子是否应随男子进京，如果进京，会不会直见男子可能的变心，或是遭遇种种黑暗。也许女子应该留在乡村中，和一个门当户对的男人结婚，这样她就能避开将来的灾祸。这无疑又是一次机会。

他没有写下去，就在这里停笔。还好，信件寄出后还有一些时日才能得到回应，他有足够的时间考虑。

但这次的回信比他想象得更快。

“然后呢？”他这才注意到字迹清秀，是女人。

他只好写下去。

“男子的马车只比消息晚到了一天。女子站在窗口，看三驾马车碾压路面上的石子，车前是骑着白马的他，她觉得阳光明媚，幸福万分。

“她选择和男子一起走，这是她的选择。

“男子在朝中当官，官位不高，但生活无忧。他们在郊外购置一座宅院。宅子对两个人来说，有些大了。他提议招一些下人，被她否决，她不喜欢生人。权衡许久，只招了一个小丫鬟，赐名春分。

“女子不爱出门走动，对她来说，京城也有些大了。‘城中有许多人贩。’她这样吓唬春分。女子的世界就在宅邸里。她今日买来两只鸟雀，明日搬来一盆花草，又做了很多女红，立了许多雕花摆设，甚至还在院子里种下一棵树苗。俨然要把这里变成一个乐园净土。

“次年，女子怀孕。”

就在这里停笔，男人告诉自己，应该在这儿停下了。男子和女子幸福地在一起，直到子孙满堂也不分开，她会在故事里永远地活下去。尽管这个故事会不可避免地走向庸俗。

“然后呢？”他心里的声音在问。

于是他颤抖着捡起纸币，看了一眼院中两人高的枫树，痛苦地写下去。

“女子怀孕之后，男子自然非常高兴，日日在旁服侍。春分还是个孩子，在宅中兴奋地跑动，并‘夫人’‘老爷’‘小宝宝’地直叫，好像一只小猫。然后她突然意识到这会惊扰夫人和那孩子，便又蹑手蹑脚，显得更像小猫。

“这样过了些日子。男子公务繁忙，很快撑不住。他再次提议多招几个下人，又被女子拒绝。男子第一次觉得女子有些任性。

“男子只好每日照旧。

“有一天男子归家晚了些，女子便哭个不停。

“之后几日，男子仍然很晚归家。女子嘴上不说，心中却起疑，于是派春分暗中跟着男子。如此几次，终于探明，男子是与同僚去了烟柳巷。

“女子隐忍不发，男子却越加过分。终于，女子叫春分与男子对质。男子知道女子派人打探自己，大怒，拂袖而去，干脆住在花魁房中，不再回家。

“女子整日泪水涟涟，春分则想着为女主人报仇。

“又过了几月，女子临盆。”

他脸上泛起笑容，一点儿没有意识到自己在流泪。他写得越发简单，心里很平静。

“女子临盆当晚，暴雨倾盆，伸手不见五指。男子还在青楼。春分听着女子痛苦的呻吟， 终于耐不住，撑着纸伞去寻找男子。刚一出门，纸伞就被吹散。她一头扎进黑暗的雨夜之中。

“她没有找到男子，也没有回来。

“也许事情是有预兆的，男子感到心中不安，连夜返回。他叫着女子的小名，听到的是婴儿的哭泣声。

“等他推开房门，母子都刚刚断气。

“又过了些时日，烟柳巷来了一位新的花魁，芳名春分。”

故事在这里结束，男人觉得此刻才是真正的安宁。他什么都已得到，什么都不怕了。

信件寄出，一去不返。

chapter
/
16

寒冬夜行人

在蒸汽男孩的国度，蒸汽所代表的，除了生命本身之外，还包括活力、勇气和热情。当然主要还是勇气。这是蒸汽爷爷传授给男孩最重要的也是唯一的知识。“记住这一点就对了。”他说，“总之不要离开蒸汽机。”

他的身体是一台多胀式蒸汽机，不太需要补水的那种，这直接造成了他的言简意赅。这种机器常常被安装在轮船上。他去过世界上很多地方，他说的话总是很有道理。

“今天就到这儿，我有点儿热，需要休息一下。”爷爷这样结束今天的故事时间。

蒸汽男孩是在一台旋转式蒸汽机中产生的，这是一种比较新的机型，理应前途无量——假如内燃机不代替蒸汽机的话。自从有了内燃机或者别的什么机之后，蒸汽机就不再被安装在火车轮船上了。蒸汽之国的国民一辈子飘在某个煤炉房的上空，靠缅怀度日。这也是蒸汽男孩爱听故事的原因，他还很年轻，不知道什么是“沉重”，尽管爷爷告诉过他沉重等于你不再想向上浮，但蒸汽怎么可能不向上浮呢。除掉这些烂道理，蒸汽男孩还是喜欢听爷爷讲故事，用他的话说，那让他“很有压力”。“压力”在蒸汽之国是个好得不能再好的词。

今天的故事讲完了，该回家了。蒸汽男孩闭上眼睛，过了很久，还是忍不住说：“爷爷，我还是做不到假装你不在。”他的左边是一团蒸汽，蒸汽中传来一个声音：“那你就再努力假装一下。”声音渐渐变小，很快消失在空气里。男孩和爷爷并排飘浮着，因为两台蒸汽机被摆放在一起，他们哪儿都去不了。现在爷爷已经变成了没有形状的雾气。他通过降低自己的温度，化成低温的蒸汽，意识便会陷入模糊，这就是所谓的睡眠。男孩从来学不会睡眠，只好一个人望天。“明早见。”爷爷说，很难分辨是不是梦话。

“在我‘稀薄’的一生里，遇见蒸汽男孩是件很有‘压力’的事。其实我早看出来他是一个胸怀压力的人。”后来蒸汽爷爷在回忆录中这样写，尽管他的回忆录很快随风飘散，他还是感到自豪：“你们不觉得‘稀薄’这个词用得很酷吗？”

蒸汽男孩梦想着去看外面的世界，机会很快送上门来。一家公司要铺设一段铁路，同时需要的是一辆蒸汽火车。这意味着蒸汽男孩会被安装在火车上。他终于可以换一片天空了，他有些热，只想到这些。蒸汽男孩和爷爷进行了一次真正的告别。“等你回来，我再给你讲故事。”爷爷说，但很快他意识到了问题，“不对，等你回来，你来给我讲故事。”

蒸汽男孩用一个响笛应答，然后被熄了火。

等他醒来，他已经被安装在火车上。蒸汽男孩高兴地开动，沿着铁轨向前。无疑，他看到的是新鲜的风景，平静的湖泊，绿色的树林。崭新的铁轨一直向前，枕木“吱吱”作响。他就是火车，轰隆轰隆，轰隆隆，钻进迷雾中。

他如此年轻。

起初，风景好像永远看不厌。

蒸汽男孩每日如此奔跑，试图把所有东西记下来。但很快他就为此后悔，因为，如果不去记忆的话，他也许就不会发现自己一直在原地打转。

这是一个蒸汽火车主题公园，沿着人造湖铺设的铁轨，正好是个椭圆。蒸汽男孩其实哪儿都没去。“我就知道没那么简单。”蒸汽男孩说道，他“冷静”下来。火车停靠在半路上，人们从打开的车厢门中抱怨着下车，向公园出口处步行。“它好像坏掉了哎。”一个小男孩指着车头说。

修理工来了几次，看不出问题在哪儿，于是论定蒸汽机本来就是不可靠的东西。其实蒸汽男孩并没有坏，只是感到伤心，或者说，沉重。只有司机老头一个人相信他没有坏，仍旧给他烧煤，反复地想要启动他。蒸汽男孩想，也许自己不该如此小心眼，哪怕是为了司机老头。所以有一天他无可奈何地重新启动，假装什么都没发生过，继续在公园里玩开火车的游戏。只不过速度慢了不少，那种感觉就像是散步。

他仍然会跑，在夜深人静之后，默不作声地带动火车跑，好像水面上滑行的船。偶尔有夜行人从公园里借道，意外地看到这一幕。于是就有了蒸汽火车夜里自己开动的恐怖传闻。有一次，一个姑娘在公园里遭遇歹徒。幸好不知从哪儿传来的响笛声，吓走了他们。人们喜欢这个庞然大物连带公园本身，但世界上新奇玩意儿越来越多，这里很快就遭到废弃。

在这个不合时宜的时候，蒸汽男孩却爱上了一个人类女孩。

其实这早有预兆，她曾经坐过他的火车，后来又每日从公园里路过。那天蒸汽男孩救了她，而她以为火车驾驶室里有人，甚至可能幻想那是个少年，所以心安理得。火车跟着她缓缓地向前，在临近公园出口停下，“呜”地长鸣一声。

那是冬夜，行人稀少，路灯昏暗。蒸汽男孩从女孩的倾诉中得知她是附近学校的一名学生，下晚自习后从这里借道回家，但他无法给出自己也是学生的答案。实际上，他回应的只是几声汽笛。

他有时陪女孩一起慢行。有时则在公园里狂奔，让她能看到大团的蒸汽。爷爷说过，蒸汽代表勇气。

如果不是太过寂寞，没有人会对着一列火车倾诉，何况期待中的男孩始终没有打开车门。有一天女孩说再过些时候便不走这一条路了，理由不过是理所当然的：外面的世界。她要出门远行，这在她的性格中也早有显现，否则，她怎么会如此热爱火车和关于火车的隐喻。

蒸汽男孩还来不及感到伤心，司机老头就带来另一个消息。火车停用——没有人再愿意为他的“远行”支付金钱，蒸汽机会被送回原处。司机老头拍拍驾驶台，拉响的也许是最后一声汽笛。尽管如此，蒸汽男孩还是注意到了他流下的眼泪，滴落在锅炉上，变成一小团蒸汽。这让蒸汽男孩下定了决心。

在蒸汽机将被送回的前夜，它彻底地变成了机器。蒸汽男孩的灵魂第一次脱离了蒸汽机，当然这也是他第一次不听爷爷的教诲，他隐约觉得，这也算是一种远行。他离开蒸汽机，降低自己的温度，代价则是意识变得模糊，或者几乎没有意识。

冬夜里，每个路过公园的行人都会心生温暖。这并不是心理作用，蒸汽男孩在最后将自己的灵魂打散。从此之后，每一口行人哈出的雾气中，都有蒸汽男孩的笑容，如果在路灯下哈气，尤为明显。

雾气男孩保佑着每一个夜行的人，给予他们远行的“勇气”。

每个夜行的人，都变成了一列小火车，代替他驶向远方。

更重要的是，在冬天结束之前，他都能以这样的形式和她在一起。

chapter

/

17

麦克斯韦门

有一年世界上发大水，许多人都被淹死了。没有被淹死的，就都聚到最高的山上。身强力壮的，都要去到高的地方以保平安，小孩、女人以及体弱的，则留在山腰上，日日忧心海水淹上来。

山顶上寒冷，草木稀少，更不宜养殖，只有数不清的石头。山腰上则土地肥沃，动物遍地。高地人就从山上下来，抢走低地人的粮食、皮毛和木材，并带走一些女人和壮丁，带不走的，按比例赶走，但并不杀掉。长此以往，高地人越发强壮富裕，低地人越发软弱贫穷。

起初，有一个低地人，私藏起一些收成，又锻炼身体，修习武术。在他认为机会成熟，自己已经足够强大的时候，他站出来号召低地人反抗。于是下一次高地人下山收割时，他挡在了粮仓前面。“从我的身上踏过去。”他喊道。低地人出乎意料地强大，但在击倒两个高地人之后，他也倒地不起。他身后的低地人一哄而散。绝望之际，高地人却没有赶走他，而是将他抬回山顶，治愈并接纳了他。从此之后，低地上仍有人偷练身体，但只为有朝一日成为高地人的一员。

同一时期，高地人饱食终日。其中一个高地人长期受人供养，不事劳作（哪怕是抢夺），身体越来越差。一日，另一个高地人想要取代他，于是就取代了他。他没有丝毫反抗能力，理所当然地被打败，被赶下山去，成为低地人。

新成为高地人的，名叫麦克。被赶下山的，名叫斯韦。

斯韦来到低地，首先见到的是丰饶的水稻田。“这些都会是我们的。”他这样想，但很快反应过来自己已经被逐出高地了，一时间百感交集。他坐在地上，痛苦地垂着头，一个女人看见他没有劳作，走过来问他：“您在苦恼什么？别的低地人可都在劳作。”“我在想，这些很快就不是我们的了。”斯韦说。

“没关系，世事如此。”女人微笑道。

斯韦擦擦脸，擦掉想象中的眼泪，站起身来说：“这些都会是我们的。”

他开始锻炼身体。

在高地，麦克养好伤后，仍然卧床不起。因低地人对他的心重重一击，他对低地人感到绝望。每日都有人负责给他送来吃食，间或有高地人的小头目探望他，希望他的英勇善战能给高地人带来好处。就这样过了两个星期，麦克把对低地人的期望连带失望一起，被藏在肉里，同时，他的伤也好了。

“我仰慕你们的强大。”麦克跪在高地王面前。

这时高地王似乎并未意识到面前的人终将取代自己。

时间过去一年，麦克成为了新的高地王。他做的第一件事就是打破了以往规矩，他没有赶走旧高地王，仍让他留在高地，受人供养。麦克说：“这叫知遇之恩。”同时麦克也没有停止使自己变强，他明白，这里充满混乱与竞争。

斯韦是低地的领袖。他身体恢复健美，甚至比以前更加完美了，他的脸上浮现出慈祥和刚毅的神情。低地人无比崇拜他，这使他感到满意。唯一让他忌惮的是高地人的掠夺，所以他训练低地人成为士兵。身体很容易训练，对高地人的恐惧和低地人本身的奴性反倒成了最大的困难，好在斯韦用另一种东西：献身精神，代替了它们。这并不难，因为，凡是斯韦同意的，没有人想要反对。

接下来只缺一战。

高地军和低地军在唯一的一条通路上开战。高地军和低地军在体力上几乎不相上下，在精神力上，高地军拥有强烈的个人主义和好战情绪，低地军则充满了献身精神和荣誉感。大战之后，双方死伤惨重。

麦克知道，低地军无疑补给更加充足，考虑到这一点，久战不是办法。斯韦明白，高地军士兵更加精锐，考虑到这一点，强攻只会吃亏。于是谈判便成为了可行的方案。

夜半，两军统帅在山腰见面。

麦克和斯韦未曾谋面，但都听过彼此的故事。所以两人见面，先是一愣，然后感到有种莫名其妙的尴尬。

麦克说：“我们可以和你们和解。”

斯韦说：“我们也是。”

两人沉默一会儿，又是一阵尴尬。于是两人同时决定放弃掉“我们”的称呼，以免双方不知指谁或忆起往事。

麦克说：“高地人可以和低地人和解。”

斯韦说：“低地人也恰好这么认为。”

说完，两人仰着头，各自回营。

双方约定，第一，在高地和低地之间唯一的通道上，建一道大门，用“麦克斯韦”命名；未经允许，高地人不得踏入低地，低地人不得前往高地；第二，低地定期定量运往高地食物，高地则用金属和石料交换；第三，强壮的人通过考核可前往高地，衰老的人也可在低地养老。

当然，这些条例都是私下制定的。对于普通人来说，就是不用打仗了。

后来的人，把这个和谐的时期称为稳定期。相应地，之前的便是混乱期。

这样的状态保持了一年。

有一次，天降大雨，连续数星期，水位上涨，把低地淹了小半。庄稼歉收，生计再次成为问题。这时低地人自身难保，更别提拿出粮食和高地人交换了。所有人都能想到接下来会发生什么。低地人环顾四周，没有找到一个壮士，更加关键的是，他们的领袖斯韦，也身处高地。

另一个消息更让人们吃惊。麦克和斯韦私定条款，高地给低地的金属，斯韦私藏起来，给自己的亲信制造武器。低地给高地的粮食，麦克也扣取了部分，供养了一支私人军队。这个消息如何传出来，始终是个谜。

这并不妨碍所有人群情激愤。夜间，两场刺杀同时在高地与低地发生。他们冲进麦克和斯韦的家，第一时间杀死了他们，然后几乎是迫不及待地开始了战争。

短暂的战争之后，高地人仍然负责奴役，低地人继续被奴役，就像大家都熟悉的那样。这里进入了下一个混乱期。

正如祖母所说："世事如此。"

chapter / 18

面包仙

亲爱的姑娘，你说你又饿了。不用急着感到羞愧，因为我也是的。好在你怎么吃都不会胖，就像我怎么吃都很瘦一样。这么说来我们真是有太多的共同点了。现在，为了让饭前的等待时间显得不那么漫长，容我给你讲一个故事。

从前有一个胃口甚好的姑娘，生活幸福，令人羡慕。

姑娘和两只猫住在不大的房间里。一开始的时候，其实只有姑娘一个人。因为她太能吃东西，家里的钱都被她吃光了，所以只好住在不大的房子里，一个人。两只猫咪来是稍后的事情。

不吃东西的时候，姑娘除了喊饿，就是窝在床上玩电脑，或者在沙发上看电视或者画画，总之是干不了正事。这样一来，生活就越发地艰难。终于有一天她的邻居看不过，这个少年，敲开姑娘家的大门。

“请问，我能帮你什么吗？”少年问，显得有些不好意思。

“啊呀，不用的啊。”姑娘挡住门，不放少年进来。少年在门缝里看一眼，啥都没看到，只好悻悻地走掉。

姑娘最烦的事情之一就是整理房间。当然主要还是要怨她自己经常饿，她想吃东西的时候就只想吃东西，别的什么事也做不了。在姑娘的房间里，衣服和物件，还有水粉画，鳞次栉比、高低不一。到了夜里还会发出微弱的闪光，很是好看，那是因为她在画里加了荧光的颜料。姑娘就在这样的房间里想心事，侧卧在沙发上。外人来这里就像进入一座迷宫，稍有不慎就会踏入陷阱或者迷失。

姑娘另一件最烦的事情就是别人踏入她的迷宫。

不过邻居少年倒不是很讨厌。

偶尔，姑娘也要出去赚钱养家。她想到一句话，一人吃饱，全家不饿。然后又忧伤地想，可是我这个人胃口真的好大。所以她最大的愿望就是能有吃不完的东西。姑娘把这当作自己的理想，奋斗不止，时不时还要给同事宣扬，像道姑布道一样。

有一天，这个愿望真的实现了。

姑娘没想到如此容易，容易到有些不真实。她抱着一百分怀疑的态度审视自己眼前的面包。这是一个方形的面包，边角带点圆弧，所以有那么一点儿可爱。面包有橄榄球大小，摸起来硬邦邦的，好像真的能当橄榄球打一样。她把面包切开来，里面是肉松和海苔，接下来快要溢出来的还有葡萄干和黄瓜，再等下去，不知道还会出现什么。姑娘很高兴，心想这一切真是棒极了。

姑娘吃了一片，味道不错，于是就再来一片。这时候外面响起一声猫叫，一只白色小猫隔着窗户向里看，姑娘知道它主要是在看面包。她打开窗户，把小猫引进来，和小猫一起分享面包。不允许人进入的迷宫，是允许小猫进的。

第二天，姑娘一觉醒来，果不其然，面包摆在桌子上。昨天切掉的部分，现在又长了出来。姑娘早有预感，一点儿也不吃惊，便也不会感到不安。她高高兴兴地吃完早餐，觉得缺点什么，环顾四周，才发现昨天的小猫不见了。当然她不是那种对什么都很依赖的人，但一个人的早餐，多少有些寂寞，有点好东西不能分享的感觉。好在小猫一会儿就回来了，窗户开着，它领回来另一只黄色的小猫。

此后每日，都有新的面包“长”出来，姑娘和两只小猫饱食终日，感到幸福。她想这必定是神仙赐予，不如就叫它面包仙。事情就这么定了。

姑娘更加不愿出门，她想永远这么不出门。又过了些时日，一天早上，姑娘睁开眼睛，发现面包仙没有出现。她知道，这一刻终于到来，面包仙被邪恶的邻居偷走了。除此之外，再无其他可能。姑娘想，神仙赐予的东西，一般不会收回，因为神仙都很懒（像她一样），如果要收回，就不会赐予。

为面包仙的失踪感到不安的除了姑娘之外，还有两只猫。白猫喵喵叫，黄猫皱眉思索。姑娘想找回面包仙，却不知如何下手，因为邻居那么多，她一个都不想拜访。眼见日落，姑娘和猫咪吃掉了冰箱里的水果，还是感到腹中饥饿，一种弹尽粮绝的悲壮感油然而生。

怀着这样的心思，姑娘终于睡下。这时候房间里没有灯光，小猫的眼睛闪着光，神情复杂，好像心怀鬼胎或者想好了离开。姑娘感到自己有些可怜，迷迷糊糊地睡着了。

第二日，白猫不在房间里，黄猫还在，站在窗口向外张望（她的窗子从来不关）。姑娘跟过去一起望，看到了旁边的阳台。白猫“喵”的一声，从那边房间里走出来，在阳台上舒展身体，走了几步，不看她和黄猫一眼。

姑娘敲响对面的房门。少年一脸惊异地打开门，但看到姑娘怒气冲冲，也不敢多问，慌忙让开路来。“我来找我的猫。把门关上，别让它跑了。”姑娘说完冲向阳台，几分钟后抓回了还在挣扎的胖胖的白猫，而少年还站在门口发愣。

“可是，这是我的猫啊。”少年怯怯地说。

“我管你啊。”姑娘说。

说完，才反应过来。她赶忙抚平头发，露出一个淑女的笑容。“原来它是你的猫啊。”姑娘重复了一遍，简直想要夺门而出。

这时候她看到，在少年身后的桌子上，面包仙好好地放在那儿。顿时又怒又急的情绪再次出现，但还要极力克制，就说：“但面包仙是我的。”然后放开手里的猫，抱着面包仙向回走。走前凶狠地瞪了少年一眼，就是那种戳着胸口说“你你你你”的眼神。少年只好一直赔笑，并承诺改日帮她整理房间并将自己桌子上的面包机也拱手相送。姑娘进门之后，少年还站在门口望了很久很久。

姑娘打败邪恶的邻居（其实是吓退的），夺回了面包仙，从此过上了富足平和的生活。她住在迷宫一样的房间，或者说房间一样的迷宫里，和一只黄猫生活，后来白猫回心转意，姑娘才勉为其难地接受它。偷走面包仙的少年，每周来帮姑娘打扫房间，是为赎罪，长此以往，姑娘也勉为其难地接受了他。

好了，亲爱的姑娘，故事讲完，饭正好做好，这一顿我们吃烤面包。

相信我，我的手艺和面包仙一样好。

chapter / 19

想要为万物命名的少年

从前有一个少年，突发雄心壮志，决心为万物命名。其实这并非出于偶然，少年的盛名早就在当地传遍：这个少年，年纪轻轻却博闻强识到了让人敬畏的程度。如今，他宣布，自己要为万物重新命名。事情就这么定了。

当地的基督徒及其他信仰者，对少年的决定感到惊异，因为命名是上帝才有的权力。但他们所做的只是纷纷摇头叹息，并未阻挠，一方面原因是人类中从来就不乏想模仿上帝的人，却无一成功，另一方面是因为他们都已是老人，信仰让他们对世事宽容乃至显得无所谓。后来，他们在少年的字典里被命名为“哀人”。

产生那个念想的早晨，少年正坐在桌前读书。阳光铺洒在他的眼前，少年突然觉得一种虚无感油然而生：自己一无所有，多么可悲。窗外的万物都不是他的，也不属于任何人类。于是他决定为它们重新命名，在少年眼中，这是占有的一种方式。

传闻神有九十九个名字，它们藏在世事之中。一次不经意的闲谈，一枚硬币的反面，一本字典被弄脏的那页，诸如Y、H、W、H的散乱字母，都可能藏着神的名字。每唤出一个名字，便可得知神的一个属性。而在这所有名字背后，还有那隐藏着的第一百个名字，念出它就能通晓一切，获得神力。但没有人知道，即使知道，出于敬畏，也没有人敢念出那个名字。

少年此刻所做的，就是寻找那第一百个名字。他广泛地查阅书籍，在海洋一样的词语中，为身边的事物寻找名字。比如下雨时撑起的伞，中文中的“伞”，无疑形象上很贴近，但仍不够准确。少年知道在古印度神话中灭世的伞悬在半空旋转，每开合一次就灭绝世人并创造新生。这样一件兼具保护和毁灭意味的物件，理应拥有一个双音节的名字——少年在日本语中找到了它：ka sa。已经接近了，还不是它真正的名字，但无疑更加接近了。

少年把“雨水”命名为eso，来自匈牙利语，读起来像雨滴落的声音，样子也是。

他把天空命名为大蓝，把海水命名为深冬……

少年怀着近乎狂热的心进行着这项庞大的工作。他想象着在巴别塔倒塌之前，世界是多么有序和美好，那时的人类使用着美丽和准确的语言，每一句都能直达心底。少年为自己所做之事感到幸福，同时又有些自豪，他领悟到，自己其实是把合适的名字还给万物。“神只用七天就创造了世界，不觉得太匆忙了吗？他也会有所遗漏。”

而当地人对少年的敬畏很快变为了恐惧。但善良的人们仍未做出任何阻挠少年之事，他们只是远远地看着少年行色匆匆，然后吐出一个叹息，流下一滴同情的眼泪。“真可怜啊。”一个妇人说。“是呀。”另一个回答。夜里，少年窗前的灯一直不灭。他将那些妇人命名为“Duele”，意为不完整和受到尘世伤害的人。

在当地，曾经有一个少女深爱着少年。她想追随少年，却发现自己离少年越来越远。她想要帮助少年命名，为此钻研书本，在灰尘和古籍以及异乡人的话语中度过整夜，但却收效甚微。她知道，终有一天，自己无法再进入少年的世界。于是在少年出门购买食材之时，她每每都站在人群中眺望。一天，她终于忍不住站在少年面前。

少女看着少年无神的双眼，知道他眼中此刻不仅无她，也装不下任何人。于是她放弃了语言，选择用自己最擅长的方式表明心意。少女自顾自地跳起舞来。她穿着红色长裙，像火焰一样热烈，她穿着淡黄的上衣，如太阳一样明亮。少女在原地转起圈来，她似乎感受到了少年的目光，于是越转越快，越转越快，然后她忍不住开口唱起欢快的调子。

在筋疲力尽之后，她又跳了许久，然后累倒在少年的怀里。少年双眼注视着她。“我将用这支舞蹈，这首歌曲，为爱情命名。”少年说。他将少女安抚下来，口中念着我要用笔记下来，匆匆离开。片刻后他又忽然返回，眼看着少女脸上的泪滴，赞美道：“还有这泪水，这从你心里流出的小溪，难道不像宝石般珍贵吗？我将它命名为微蓝。”少女听完，心中充满快乐，便绽放出笑容。即使少年已经走远，这个笑容也一样美丽。

少女的舞蹈让少年明白，名字不一定要念出，它也可以是一个动作或者眼神。这个发现让他惊喜，但无疑加重了他工作的负担。如今他所要做的不仅是查阅书籍，还包括出门游历。他每日出门，观察渔民捕鱼或晒网的表情，聆听小贩的叫卖，看旁边街头的一场斗殴，然后夜间回家，一头扎进书籍里，直到第二个日出来到。

就这样日复一日，少年终于累倒了。不过他此时也已经找到了九十九个名字。

少年卧病在床。电视里的新闻说英国有十几万头疯牛，它们仍然在草地吃草。窗外下了雨而燕子还是要出门，树叶渐渐变黄，风一吹它们就跳起了舞，水滴顺着叶子掉落在地上。草木都从土地里长出来。在地球的另一边，宠物和机器一起在街头晒太阳，放学的儿童从它们面前经过。而此刻少年的眼前一只飞蛾正扑向火焰。它们来不及有一个名字就要死去，但自得其乐。

那一夜少年做了一个混乱的梦，同时看到了宇宙和一朵花，还有无法用语言说出来的东西。然后，在梦的结尾，他领悟了那最后一个名字，那正是他自己的名字。他知道只要念出它他就能得到一切。

“不必了，已经够了。我拥有的已经足够多，我感到幸福。”少年在梦里说，于是再也没有醒来。

chapter

/

20

毛毛虫的葬礼

毛毛虫 Q 是一只翠绿色蝶类毛毛虫，他三围匀称，身强体壮，显得十分可爱，在毛毛虫家族中是一顶一的美虫子，尤其是上一只美虫子化蝶之后，Q 当仁不让地成为了新的领袖。

这是一个清晨，Q 照例在树杈上晒太阳，他昏昏沉沉，摇头晃脑。别的毛毛虫看到他晒太阳就感到安心，在他们的心目中，族长晒太阳如同一个仪式，是为所有毛毛虫祈福或者守望。

有时一阵微风吹来，Q 随着树枝左右摇摆，感觉自由极了，好像提前体会到了做蝴蝶的快感。虽说他也知道做蝴蝶的时间其实很短暂，不过那也是值得的。他浪漫地想，蝴蝶可以听风的歌！Q扭动着肥胖的身子，树枝颤动，阳光在他绿色的褶皱上反射。树枝下的毛毛虫看得险象环生，Q却悠然自得。

晒完太阳，Q踱步下来，睁开双眼，露出微笑，好像刚做了一场美梦。毛毛虫们便知道新的一天顺利开始了，就从树洞里扭出来。这时一只毛毛虫从树下默不作声地爬过来，Q和其他毛毛虫发现了他，凝视着他，等待他走近。等了十分钟，毛毛虫近了一些，这才看清来的是尼采。

尼采趴在Q面前，说："容我先趴一会儿。"于是大家又等了五分钟，尼采喘好气，着急地说道："糟糕了，我们的食物不够了。"

Q有点头疼，也许是感受到了其他毛毛虫看向自己的目光。他看了一眼四周，才发现树枝上没有几片叶子，已经是冬天了。Q摸着额头，说："不要急，我带你们去找。"于是众虫出声欢呼。

Q决定带五只虫与自己同道，没什么特别的理由，只是因为对六这个数字的偏爱。远征队名单如下，队长Q，队员尼采、雪莱、海明威、巴赫，还有一个队员要求匿名。

名单按队列前后顺序排列。

他们正午出发，到了夜晚已经爬下树木。站在旷野上，没有树木的遮蔽，他们正好能看到星空。一颗流星转瞬即逝，Q没有看见，但雪莱看见了。有诗为证："在昏黑的夜空，一颗流星，投入大海包围的一座孤岛， 当破晓的曙光还没有放明。”

巴赫说：“雪莱，你是个诗虫，让我为你唱支歌。”

海明威冷笑一声，没有说话。

尼采皱了一下眉，亦没有发表意见。

Q 说：“快点走。”

于是继续前进，从天黑爬到天亮，他们来到了一个水塘旁。其间雪莱不断地抬头仰望，唉声叹气，为此遭到了海明威的训斥。好在他们走得慢，边走边说话也不会岔气。

Q 命令众虫原地休息，自己则到水塘旁喝水。此刻他需要独处，因为他其实是有私心的。几天前他感受到了身体里某种东西的召唤，他知道自己快要化蝶了，他必须赶在化蝶前给毛毛虫们找到食物，同时定好部落下一任领袖。在水塘边，他看到了自己没有名字的队员。

“你在干吗啊？”Q 问。

“不干吗啊。”他说。

“哦。”Q 说。

“哦。”他说。

大多数毛毛虫不善言辞，除非受到巨大触动。Q 不管他，原地睡了一会儿。

醒来后，排好队，毛毛虫们再次准备出发。Q 想起水塘边的队员，便问：“你走不走啊。”

他说："我不走，我不要走了。我还没见过水，我从水里看到了自己。我要游泳。"

他说得颠三倒四，大家说："哦。"只有雪莱会心地一笑。

出于礼貌，Q 询问他的名字。

"拜伦。"他说，"我叫拜伦。"

拜伦离队后，队伍变成了五只虫。他们沉默地向前，只有雪莱和巴赫不时说几句话，不过谁都不记得他们说了什么。他们饿了就吃身边的草，渴了就喝树叶上滴下的水珠。几天的旅程让每只虫都瘦了很多，尤其是 Q，他的皮肤变得有些硬化，当然只有他自己知道那意味着什么。别的虫子都从未见过蛹化，因为每只蛹化的虫子都要躲到一个僻静的地方。

就这样走了五六天，他们终于找到了一棵树叶尚且翠绿的树木。其实他们走得并不远，回头就能看到自己那棵树，但毛毛虫从不回头。他们在树叶上吃饱喝足，没有欢声笑语，又准备开始回程。

这时候发生了一个插曲，尼采和巴赫打了起来。他们这么做的原因恐怕只有虫神知道。一开始他们激烈地争吵，很快就变成了斗殴。两具肥胖的身体扭在一起，尼采明显更加强势，巴赫绿色的血很快流下来。雪莱想要帮忙，但被两人同时拒绝了，他们声称自己为信仰而战。而海明威甚至在一旁助威。Q 摇了摇头，把他们两位排除出了继承人候选名单。

打了很久，尼采突然抱着巴赫哭起来，然后巴赫也哭了起来，两只虫在血液里打滚儿大哭。他们说，我们的信仰是相同的，只是爱虫神的方式不同。就这样和解了。

尼采和巴赫决定留下，因为自知时日无多。回程的名单变为了 Q、海明威、雪莱。Q 知道毛毛虫部落不需要一个多愁善感的首领，于是把海明威叫到一旁嘱咐一番，然后说，从此你就是新的领袖。

Q 了却一桩心愿，又了却另一桩心愿，此刻再无顾忌。他以晒会儿太阳为由离开队伍，在最高的树枝上化成蛹。

海明威和雪莱继续上路。海明威从心里鄙视雪莱，因为他觉得雪莱脆弱而且惧怕死亡。所以他走在前面，不断地加快速度，一点儿不顾及雪莱。而雪莱对海明威感到怜悯，他认为海明威不懂敬畏。

刚上路时海明威总是借机辱骂雪莱，不过雪莱默不作声的态度很快让他泄了气。他呼哧呼哧地喘息，真想把雪莱赶走。但雪莱身手其实比他更加敏捷，虽然身材很小。

就这样走了几日，两人又累又饿，再无力气，正好走至水塘。雪莱突然想起自己的朋友拜伦，再想起这几天的遭遇，顿时觉得生活无望。他对海明威说：“我要去找拜伦了。”海明威说：“哦。”不过他也感到有些伤心。

雪莱又说：“我走的路已经多过毛毛虫该走的路了。”

海明威出于本能想否定他的话，像往常一样，但却忍不住留雪莱就这样走了，在水边，他不仅看到了自己的倒影，也看到了拜伦。有诗为证：“呵，坟墓的那边隐藏着一切，一切都在，除了我们这躯体。”

海明威必须孤独地一个人走完接下来的路程。不过他毕竟是刚强的虫，是未来的毛毛虫领袖。他收拾好食物和勇气，扛在背上，准备做最后的冲刺。

他尽量不让自己想起雪莱以及其他虫子，他告诉自己虫子的记忆都是很短的，于是就真的以为自己忘记了。曙光在前方召唤他，他已经看到了光秃秃的树枝，那就是他的家，他的终点。

“再快点。没有什么能把我打败。”他说。

就在这时，一只小手发现了他。手的主人是一个小男孩，抓起眼前爬动的毛毛虫，放在自己的桌子上。

小男孩喃喃道：“这只可怜的毛毛虫，挨不过冬天，一天就要冻死。真可怜啊，让我来给他开一个生日派对吧。”

男孩点起蜡烛，给毛毛虫戴上纸质王冠，为它唱了一首歌。

chapter / 21

王后

我打算写一篇好玩的小说，但故事现在都还没着落，所以我开始怀疑自己是否有讲好一个故事的才能，这种怀疑又浪费了我一段时间。还好我现在克服了。

讲故事的第一个难关在于主角的名字，无论如何，命名实在是个意味深刻的行为，上帝说——别管上帝说什么了，总之我不敢贸然行事。和名字相比，主角的性别、性格反倒成了其次。那么，第一位主角是一位优柔寡断、善于嫉妒的女性，戴蓝色的宽边帽，身材高挑，顾盼修眉，很是好看。她常年游荡在中国古代的偏僻村庄里，她的名字叫后。好了，现在她有名字了，她存在。

我很喜欢她，我暂时不打算让她死。

故事的第二个主角，因为怕后感到寂寞，所以第二个主角必须是个英俊的男人。这个男人身长八尺，面目英俊，但总爱摆着一张臭脸，唯独在和后说话的时候才露出笑容。这也导致除后之外的人都以为这个男人是面瘫，是哑巴，不是好人。男人喜欢看一些怪书，不分昼夜，费了很多蜡烛，因而常受后的苛责。这个男人名叫王氏。真是完美的男人，写到这儿，我脸红了一下。

王氏和后居住的村庄名叫河西村，在中国西北，西北还要偏北。村庄名叫河西，实则只是个美好愿望。——人总是越缺什么，越说什么。河西村方圆十几里没有任何地表水源，全村靠一口井过活。村里人通常只有两种状态，非常渴和有点渴。

在这种环境里，后的皮肤却还是非常细腻水滑，这也导致村民看她的目光从一开始就充满敬畏，后来又有了嫉妒、蔑视、喜爱或不甘，这几种感情自由地混合交错，让后五味杂陈。但连后自己也说不清，自己为什么一点儿不爱也不需要喝水，说起来也挺无辜的。

不喝水的日子里，后都沉湎于幻想，这是很自然的事，当所有人都在为生存担心的时候，唯一不用为此担心的人就会显得无所事事。“我又做不了什么啦。”后这样说，她在村子里走来走去，越发像一个鬼魂。这给村里的人带来了不小的麻烦，试想每个人都在一个大苦难面前挣扎的时候，一个人却轻轻地跃过它，好像它不存在一样，无论如何，这都像是一种炫耀。这让村里人怒火中烧,所以从一开始河西村人就试图劝阻后,村中的长老这样念叨，晃来晃去，成何体统。于是就有了第一个来和后交涉的人，一个愣头愣脑的小伙，他说：“后，你歇歇吧。”后说：“我不需要歇。”小伙说：“你真的歇歇吧。”后说：“我真的不需要歇。”小伙没有说第三句话，因为他的嘴唇正在起皱，喉咙像要冒烟。趁他发呆这会儿工夫后又不见了。

第二个来见后的是一个黝黑的中年人,中年人开门见山地问:“你能不能不要在村子里游荡了？”后回答：“不能呀。”中年人说：“我知道你肯定说不能，出于惯例我问问而已。那你说说为什么你不需要喝水吧。”后指指自己的左脸，又指指自己的右脸，说：“看这里，看这里，我也不知道为什么。”中年人也不生气，耸了耸肩，就走了，走前意味深长地看了后一眼。

后说：“反正做不了什么，那我就随便做点什么吧。”

也许是村里人对后彻底失望了，想来第一她也造不成什么大破坏，第二从她嘴里也套不出什么秘密，干脆就任其自然。所以第三个拜访后的人便是王氏，这个沉默寡言的男人。村里长老的意思是，这是个闷瓜，或者干脆是个哑巴，在村里也没什么大用处，就让他陪你玩吧，顺便说一句，你俩少出门为好。

后当然不会顾及长老的话，但那几天她确实没怎么在外面闹事，长老的计划似乎初步起效了。后不闹事的原因是她对王氏产生了浓厚兴趣，有兴趣的原因一部分是王氏很高，很帅，另一部分则是王氏不似以前来的人那么多嘴多舌。王氏就像一块石头，后就像是……像是水，现在水想要石头开口。这需要很多时间，还好后多的是时间。但还是很困难，实际上由于河西村的天然环境，后并没有见过多少水，更没有见过石头泡在水里，或者说水居然绕着石头流，那实在太奢侈了。后使用了这个比喻，既代表她对这件事的决心很大，也代表她其实准备好了失望。

所以，当王氏开口对后说“姑娘，请喝水”时，后激动得几乎流泪。但后不愧是后，她成功克制住了，她抚了抚帽子，遮住脸，然后冷冷地把水杯摔在地上。没想到王氏面不改色，低头把碎片一块块捡起来。动作轻柔，反而让后担心会刮到手指。捡完后，王氏也不抬头，后退着往外走。这可不成，后感到了耻辱，于是她喊道：“我突然又想喝水了，你去给我端一杯。”王氏听了，好像是笑了一下，又好像没有，转身出去。这更让后恼火，后简直想尖叫。

过了一会儿，王氏端着杯子回来，看到后半卧在床上。手里把玩着帽子，面无表情，皮肤很好。他说：“姑娘，水来了。”后说：“我又不想喝了。你拿出去倒了，或者你喝了。”后声音越来越小，她说：“我困了，想睡觉了，你出去吧。”

王氏退出去，听到屋里有东西摔碎的声音。他看了眼手里略微浑浊的水，笑了一下，喝光了。

在这里，我的人物出现了问题。他们停滞下来，不动了。王氏和村里的普通人其实差不多，他也需要喝水。他特别的地方在于他能忍耐,并且认为生命中除了喝水还有一些别的重要的东西，他不爱把这些挂在嘴边。所谓的闷骚就是这样子。王氏除了找水和喝水，也会思考人生，由于时间有限（因而宝贵），他思考的内容又和后不太一样。比如，后想的通常是穿什么衣服，今天去哪里玩，帽子配不配，鞋子美不美。王氏想的则是，我必须改变些什么，但究竟要改变什么，他也不知道，于是他的目标变成了先明白要改变什么。

另外，王氏似乎生来就是给后添堵的，后无论如何也无法从他身上体会到一点儿胜利的喜悦，但每次他又会在她临近放弃的时候给她希望，这种感觉太难受了，后整日在房间里踱来踱去，初显老态。而王氏呢，他也好不到哪儿去，一方面他仍然不知道自己想要做什么，另一方面他让后多难受，他自己就有多难受，因为他必须克制住自己爱上她的冲动，他不是为这个来的。

随着时间继续推移，后善妒的性格也开始显现。一次王氏没有按后的吩咐把水杯摔破而是摔门而出，又一次王氏出去打水迟迟未归。终于后用生硬的语句质问王氏：你……是否有别的……女人？两人这才恍然大悟自己在为什么而愤怒。接着后用近乎自残的方式来抗议王氏对自己的怠慢，她一杯杯地喝水，直至脸色发青。而王氏站在旁边，口中干渴，眼看水被浪费掉，美人躺倒在地，自己则忍受着生理和心理的双重折磨。

然而，在这一番奇怪的角力之后他们的关系却更近一步。仿佛在后说出“别的女人”之后间接明确了她是他本来的女人，现在，一切无可避免，窗子被打开了。后越是嫉妒，王氏就越知道她爱他，通过嫉妒一个不存在的女人的方式。而他越抵抗，她就越清楚他根本无从抵抗。

“你为何而来？”后问。

“为你。”王氏没有撒谎。

“为什么？”

“为你。”

“为什么？”

“为了看管你。”

“那你现在成功了。”后笑道，王氏的每一句话在她眼里都等同情话。

这时候，按照计划，长老的信使适时等候在王氏打水的路上。信使告诉王氏，你的第一个目标已然达到了，大家有目共睹。你的第二个目标，进行得如何？

王氏沉默一会儿，摇摇头。

你还没有找到后不需要喝水的秘密？

王氏沉默一会儿，点点头。

信使脸上失望的表情一闪而过，很快便恢复平静，犹如一封展开的信，王氏看呆了。信使平静地说，想来也是如此，也不怪你。那么从今以后你自由了，开口说话吧，和后好好生活，不过也生活不了多久了。计划取消，我不告诉你为什么，你自己很快就会知道了。

王氏说：“好的，再见。”

信使说：“好的，再见。”

王氏回到家，推开门，不见后。他坐下来，靠在床头，昏昏欲睡，平静得好像一个信使。过了很久，后踢门进来，看见王氏斜靠在那儿，显得很无助，后从来没有见过王氏这样。她第一反应是这是什么路数，这小子莫不是在戏弄我？她决定一探虚实：“我出门了，你说打算拿我怎么着吧！”但王氏说：“讲些别的吧。”

后差点哭出来，她也从来没有这么坦白过啊，他凭什么不听她讲完。后摘下帽子盖住脸，说：“井枯了。他们说是我干的。真的不是我干的。”

全村只有一口井。

“得有人去寻水源，要不村子就完了。”王氏说。

后这次醒悟了，心里说原来这是村里长老的把戏，好哇，他们从一开始就算计好了。怪不得我男人没精打采，他觉得村里人对自己有恩，他得去报恩。他太傻了，我怎么会爱上这么傻的男人！

王氏也在思考，心里说村里长老本来一直就看不惯后，所以才派我来看管后，让她别胡闹，更重要的是套出她不需喝水的秘密。我倒好，什么事没办成，倒和后谈起了恋爱。于情于理，这回我都得去，我不去谁去啊。

“你不准去。”后果然这样说。

“不成，我不去你就得去。你不用喝水，本来是第一人选。我必须去。”王氏说着，心里明白原来这就是他一直想找的使命。

后听了，非常高兴，想到原来他是为了我才去的啊，不是为了村子，那我就不用妒忌了。好，去就去吧，这男人真傻，我太喜欢了。

“你要去也行，倒也不怕。你想一下你几天没喝水了？”

王氏一想，真有很多天没有饮水，也一点儿都不渴，如果后不提醒，他就把这件事忘了。也许后本来就是想让他忘了。

“这是怎么回事？”王氏问。

“你不用喝水了，除非我不爱你了，或者我死掉。这就是我不喝水的秘密，拿去和老头子交差吧。”

于是王氏一声不吭，带着这个甜蜜的秘密上路了。他的身体虽然不再需要水分，但心理上偶尔还会不由自主地思考自己是否该饮水了。每到这时，他就去触碰那个“秘密”，后的秘密，会溢出一股股甘甜滋润他的心。

王氏在路上，具体情形不值一提。他戴着后的蓝色帽子，防止晒黑。反正也不怕人看见，不伦不类就不伦不类吧。由于他已经找到了自己的使命，也不再需要为水担心，他的思想也在一定程度上腐化了。现在他的思考内容变成了：以后有水了，我可以给后洗草莓吃。既然她可以在我身上种草莓，于情于理（又是于情于理！）我也该给她洗草莓吧……好，想法不错，记下来。王氏掏出随身的本子，写下来。

他一直朝南方走。

在这段时间里，后没有了王氏，百无聊赖，又变成了村子里游荡的鬼魂。村民们还沉浸在失去水井的悲痛和随时无水可喝的焦虑中，本来应该见不得后胡闹。但后偏偏也面带愁容，或突然哀笑，或暗自流泪，又显老态。善良的村民眼见后如此，以为她也如自己般为村庄担忧，便不再责难她了。

长老们知道后在为什么担忧，但长老们不说。

私下里，一日，那个黝黑的中年人来到后的居所。

“我已经知道你不需喝水的秘密了。”中年人直截了当地说。

爱情使后变得单纯，她咬牙说道：“王氏真的给你们讲了。”

中年人一笑：“原来你真的给王氏讲了。”

后反应过来，已经来不及，只好沉默，沉默如王氏。

中年人又是一笑：“把你不需喝水的秘密告诉我，我就告诉你一些王氏以前的故事。”

见后不搭腔，中年人说：“比如他为何从不在外人面前说话，他犯过什么错，他以前有没有女人，你不感兴趣吗？”

见后不搭腔，中年人又说：“哎呀，我说多了，你自己想吧。如果你想不明白，我们可能会用强制措施。”

如果是别人，用这种语气和后说话，后一定会好好惩罚他，比如把水泼在他脸上。这次后没有，她看着中年人轻描淡写地说完话，看着中年人走掉，一言不发。好像要假装自己是王氏，假装到底。

又过了很久，她终于哭出来。她想，王氏究竟有没有给他们讲那个秘密？

与此同时，井枯第三天，村里哀声遍野。

而王氏还走在路上，他走出十几里，搜索周边，不出意外地找到了水源。那是一片绿洲，王氏想也许我们可以在那里盖一间房子，“我们”是指他和后。他记好水源位置，开始回程。

然后，突然，他口渴了。

是的，生理上的口渴，他现在急需喝水。王氏差点没哭出来，不是为自己，他也不知道为什么，他本已清晰的心又模糊了。后说过，你不再需要喝水，除非我不爱你，除非我死掉。

他希望是后死了，不，不行，他宁愿后活着，她那么可爱。那么可爱，只是不再爱他，她那么贪玩，是不是又爱上了别人？如果她不爱他，他就会死掉。不对，他希望是后死了，死前都还爱他。

他开始怀疑，他痛苦地以头撞地，他撕碎了后的帽子，然后又一片片捡起，他在想怎么办，怎么办，怎么办啊。随着这种怀疑和不安的加剧，他的干渴也更加严重，他的内心一片荒芜，好像裂开了一道口子，所有水都会从中漏走。

我可怜的王氏，在旷野之中，支撑着向那看不见的村庄走去，结局在那里等待着他。

写到这里，我才明白，原来我写的是爱情啊。

“这么晚不睡觉，你在瞎写什么？”门被一脚踢开，一个女人站在门外，对我怒目而视。

“没，没写什么啊。”

“你肯定在写！你在瞎写什么？还不关灯睡觉！”

我都要哭出来了：“我真没写什么啊。”

“我管你啊。你肯定在写，是不是又在写我坏话，把我写成一个凶恶的女人？”她说。

“我没有，我写的都是好话。”

“你果然在写。”

“我不写了，我写完了，我这就关灯睡觉。”

“我管你啊。我渴了，给我倒杯水去。”原来她是起夜。

“我这就去给你倒，我的王后。”我说。

chapter
/
22

故事发展史

在世界上的某个地方，第一个讲故事的人这样开头：从前，有一个王子和一个公主相亲相爱，怪兽却将他们阻隔。他这样结尾：王子历经千辛万苦，终于打败怪兽，救回了公主，从此，他们幸福地生活在一起。

他讲完这个故事，感到满意，于是转转腰身，继续投入辛苦的劳作。

与此同时，地球上的其他地方也有人开始试着讲一个故事。当然，一开始，他们的听众只有自己，故事的作用是让他们停下来歇息。人们不约而同地选择了讲王子和公主的故事，印度王子、中国王子、法国王子，大王子和小王子……

这些故事大同小异，不过还是很久才被讲厌。随着生产力的发展，人们有了更多的闲暇时间，有时候一个人站在田边发呆，另一个也会过来搭讪：嗨，给我讲个故事吧。听众的出现便成了必然。听完故事的人也会自觉地回赠一个故事，这样你一个我一个，时常忘了工作。不过也有一些人只听不讲，这部分人被叫作蹭故事的人，为人所鄙。在那时，男孩每晚给女孩讲一个故事，还是非常浪漫的事情。

听众的出现无疑迫使故事更加丰富。人们不再单单满足于王子公主加怪兽的组合，他们给王子装备无敌的长剑，坚固的盔甲，给公主穿上色彩斑斓的长裙，让公主在巨大的城堡里等待获救，又给怪兽分门别类，细化到魔鬼类或者巨龙种。但这些努力并没有得到多少回报，即使是有人为故事加入一个狠心的皇后，也无法再得到人们的会心一笑。于是王子公主在这里彻底被抛弃。

也许是厌倦了每一个人物都完美无缺，有人想出了劣迹斑斑的少年成长的故事：劣迹斑斑的少年在小城被人看不起，备受挫折，但他并没有放弃，而是选择踏上旅程，后来他历尽磨难，终于改过自新，并帮助小城消灭了威胁——一头巨龙。这个故事足以让人眼前一亮，有人受此启发，讲了一个小姑娘努力变漂亮的故事，又有人讲了一个动物总动员的故事。

听众的口味在这里开始出现分化，有人喜欢少年，也不乏喜欢少女或动物的人。关于劣迹斑斑和漂亮的定义也造成了一定分化，在这个基础上，人们创造了诸如萌和酷的形容词，并随之讲了许多故事。

这样又维持了许多年。创造几乎赶不上遗忘的速度，人们需要更多真正有趣的故事。此时讲故事已经成为一个职业，而且并不讨好，有一部分讲故事的人背上行囊，发誓再也不讲故事，逃向了无人小岛，这种象征性大于实际的逃走，在当时非常流行，剩下的另一些人，每日挖空心思，苦思冥想。

不过篝火聚会的仪式还是以各种形式被保留了下来。即使过去了上百年，人们仍然习惯在劳作之后，聚在温暖的东西前交换故事。

某一天，在篝火聚会上，一个人这样开始讲：职员男 A 和职员女 B 做了五年的同事，这时来了更加貌美的职员女 C，于是 A 追求C，但遭到C的拒绝，这时来了更加英俊的职员男D，C喜欢D，但 D 喜欢 B，而 B，正好喜欢 A。

这样的故事人物繁多，关系复杂，但足够香艳，尤其是在每个字母后都隐藏着一个真实同事名字的时候。听众会以更加热烈地追问要求他继续讲下去，于是他又加入了几个字母，并把字母自由地排列组合。

连续几天，听众终于开始感到厌倦，因为字母已经多到在座的女士记不清楚。他们决定让下一个人开始讲，这是一个男人，他吸取前一个人的教训，决定将人物控制在三个人之内，由于他自身物质生活的丰富，他在自己的故事里给予男主角各色跑车，女主角则有说不清的名牌。而为了更好地展示他在物质方面的见识，他需要更多的女主角做衣架——同时又不能重蹈前一个人的覆辙，他突发奇想，设置了一个叫作酒吧的场景，随之而来的一夜情——这样女主角就可以随他喜好而更换。

他的故事让人新奇，不过在醒悟或者说适应名牌只有那么几个之后，女士们纷纷开始表示自己对男主角生活糜烂的厌恶。这样就自然而然地轮到了下一个人。

这是一个女人，她好像刚睡醒一样，红着双颊。听众反复催促，她才开口：时光荏苒，白驹过隙。听众回味片刻，让她接着讲下去。女人早就厌透了前面人所讲的故事，她干脆另辟蹊径，来讲一个没有人类的故事。她说：这不过是朝花夕拾，旧事重提罢了。她讲小猫和小狗在花园里尽情玩乐，就这样，日光倾泻而下，时光摆上的印记在身后层层腐朽。她讲几句便停下来歇息一下，好像故意给故事停顿，然后红着脸继续讲下去。

没有人故意地打断她，这是故事之外的东西在起作用，女人讲故事的行为本身好像成了一场表演。听众们认真地观察她的一举一动，甚至有人动了爱意。

女人的故事得到了大家的一致赞扬，直到她和听众之一恋爱。回过神的人们回顾她的故事，发现那只是用幻灯片一样的漂亮场景和华丽辞藻堆砌起来的流水账。没有人愿意直接讲出这个结论，大家承受着无趣和失恋的双重打击，沮丧笼罩着每个人，没有人想继续讲故事。

在角落里坐着的少年，这时候才被人们发现，他一直低着头，手上写着什么。“嘿，你，你干什么？”一个男人训斥道，“你是不是想蹭故事。”经他这么一提醒，大家才想起来这个看起来风尘仆仆的少年，他每晚都参加篝火聚会，却从来没有讲过一个故事。

“你，快点讲个故事。”

“可是，我再也不讲故事了。”少年难为情地说。

“每个人都会讲故事。”

“也许，你可以重新开始。”

于是少年鼓起勇气，这样为自己开头：从前，有一个王子和一个公主相亲相爱，有一天，怪兽却将他们阻隔。

chapter

/

23

从前慢

青年和姑娘都生活在小镇，但并不相识。这是一座什么都慢的小镇，马车、邮差、冉冉升起的蒸汽，都很慢。这里的人们说话总是细声细语，好像一点儿都不心急。一个人过街道，五米开外有马车，也要等马车过去并报以微笑，才移步过街。有时候马车一辆接着一辆，这个人就会在路边等很久，也要笑很久。小镇里的人寿命都长，也不知这和行事缓慢，哪个是因，哪个是果。

在什么都慢的小镇里，青年羞于与姑娘相识，尽管他每日都能看到姑娘从门前经过，却从来不敢探听她的去向。青年所做的只是坐在房门前，单手托腮，看日头，估算姑娘回来的时间。有时，姑娘在路边看见一朵漂亮的野花，那是青年种下的。而路边也能听见令人愉快的鸟鸣，那是因为青年屋檐下新筑了燕巢。偶尔，姑娘夜归，远远就能看到青年家掌着灯，昏黄的灯下白雾缓缓升起，好像有人在灯下呵气或者端着热水。青年在姑娘的沿途布置了许多细小而美好的事物，却从未直接面对姑娘。

即使姑娘心思并不十分细腻，也早已发现自己每日的好心情并非偶然。在什么都慢的小镇里，姑娘并不急于让青年明白自己的心意。但她还是用自己的方式去回应，她像古代的人们一样在树叶上题诗，或是走至青年房门外时，故意落下读书的课本。只是青年太过迟钝，一脚踩在了树叶上，又把课本送到了街角的失物招领，气得姑娘暗自叹息，顿足不已。

青年不知道姑娘为何连续几日带着恼怒的表情，为此也跟着愁了很久。

青年写了很久的信，不过还是没有寄出去，小镇里的信使也很慢，还不如把信直接送到对方手中，只是他一直没下定决心与姑娘见面。当然，这也是姑娘不寄信的理由。

然而不知道从哪一天开始，什么都慢的小镇在悄悄加速。马车和邮差渐渐消失，汽车占据了属于它们的位置，街道变成宽阔的马路，过马路的时间却反而短了许多。因少有人使用而布满灰尘的电话亭，现在光洁得好像镜子，路边曾经干净的座椅却因为无人留步而蒙上灰尘。小镇的人们为了节约时间，用起了手机乃至一切不用直接面对面的交流方式。

很快，什么都慢的小镇变成了普通的小镇。

青年和姑娘的故事，也变成了像别的故事一样普通平常。

像别的爱情一样，开始得很慢，结束得很快。

多年之后，小镇青年不再写信或是暗恋，只在微博上寻找零碎的甜言蜜语，随手 @ 给当时的女朋友。

从前慢

——木心

记得早先少年时

大家诚诚恳恳

说一句 是一句

清早上火车站

长街黑暗无行人

卖豆浆的小店冒着热气

从前的日色变得慢

车，马，邮件都慢

一生只够爱一个人

从前的锁也好看
钥匙精美有样子
你锁了 人家就懂了

chapter / 24

失物招领

人们总是后来才发现自己失去了些什么。这句话的另一种写法是，没有人知道自己在失去着什么。它被写在街角失物招领所的门牌上，一抬头就能看见。失物所像这句话本身一样历史悠久，每天都有人到这里来找自己丢失的东西，最常见的是钱包或手机，也有卡通色的小型单手行李箱，甚至还有人丢了一只牙刷或是一条毛巾。那个男人大喊着，我找不到自己的毛巾，他气势汹汹地冲进招领所，很快又哭着离开。他没有找到他的毛巾，你知道，但也许你无法理解，总有些东西对别人格外重要，即使那只是一条陪伴他多年的毛巾。

那时的人们也把东西拿到失物招领所交换。如果你有一件不合手的螺丝刀，假如运气好的话，你可以用它换一个扳手。当然运气不好也仅仅意味着要拿着螺丝刀在门口多等一会儿，正好缺一把螺丝刀的人总会到来，好在小城的人们总是很有耐心。

这个城市里每天都有人丢东西，街角的失物招领所永远熙熙攘攘，有一天，一个人突发奇想：我们干吗不在这里买卖东西呢，第一个小摊很快应运而生，接着是第二个、第三个，小摊像野草一样向外生长。商品琳琅满目，应有尽有。如果你仍找不到自己的毛巾，不妨在门外再买一条，虽不完全相同，但毕竟差不多。

敏锐的商人发现，在商铺出现之后，失物招领所附近的人们有增无减，既然如此，何不建一个地方给他们玩乐，结识贵人，多几场绝妙艳遇或者好友重逢。很快，露天派对营地、电影院和酒吧以丝毫不逊于商铺的速度占据小城。欢声笑语，此起彼伏，甚至比娱乐场所走得更远。

只有在入夜之后，从高处俯视，才能发现失物招领所，是在五彩斑斓的光影和欢笑中，唯一昏暗的地方。

很少有人在意失物招领所曾经是这一切繁荣的中心。

唯有一个少年，开始探究失物招领所的过去。他出生在集市形成之后，对繁华习以为常，从孩提时他就知道如何和狡猾的小贩打交道，以便用一个硬币换取更多糖果。稍长大后他经常出入酒吧，他熟稔那里的规则，明白分寸所在，所以虽然常常惹些小麻烦，却从不会真正惹祸上身。而现在，他开始搜集有关失物招领所的资料，当然不可能是出于纯粹的好奇。

少年最好的朋友，去过失物招领所之后就再也没有回来。他们甚至还没有来得及告别，这使少年又愤怒又伤心。

去那里的路并不好走。少年的家在集市外围，他熟悉这里，但再往里走下去，几乎是像出城一样困难。小城的人们习惯安分守己，只在出生的街区数里以内生活，这在集市建成之前和之后都没有改变。少年对里面一无所知，问及悠闲的咖啡厅老板，或是八卦的女装店店主，也一无所获。而集市还在不断地扩张，少年的家已经不是最新城区了，设身处地地想，更外围的人来到这里，一样也会迷失。

所以少年几乎是带着探险的心向城中前进。他开着汽车走了一个街区，却被迫在泥泞的土路前停下。少年把汽车停在街边，在车窗上贴上“此物有主，不与交换”的纸条，从后车盖里取出微型摩托。就这样又走了两个街区，一条窄小的小巷出现在他面前，巷子里卖豆浆的老头抬起头，警惕地上下扫视。

他用摩托车换了自行车，虽然多少有些心疼。

娱乐场所渐渐有了强买强卖的性质，少年务必格外小心，外围的规则可能不再适合这里，他必须重新学习。他用支支吾吾躲过酒吧伙计的追问，又逃过发廊小姐的拉扯（许多人问他在找什么，少年说找朋友，他们说既然旧朋友已经丢了，不如找一个新朋友），凭着直觉继续走。虽然没有地图，但终点毕竟是更“里面”，走弯路也没有关系，所以虽然缓慢，但总会到达。

在下一个街区，他把自行车卖掉，换成了食物。

不知道还有多少个街区，他只能靠路人的帮助走下去。

在时间也丢失之后，他从简陋的棚户和贫穷的家庭那里讨来些许补给以及走下去的希望。欣慰的是，他始终没有忘记说谢谢。

然后他终于来到了失物招领所。

有一扇窗，写着失物领取处，现在紧闭着。有一扇门，门楣上写着“没有人知道自己失去了什么”，现在开着。少年犹豫了片刻，想起他朋友的脸，然后选择进去，地上并没有多少东西，仅有的也已经蒙上了灰尘。有一个男人，趴在桌子上睡觉。松弛的肌肉宣示着他的衰老。

长途跋涉早就磨掉了少年的锐气，他站在一旁静静地等待男人醒来。他清楚自己朋友的失踪也许不能全怪失物招领所，朋友也许迷失在半途，就像少年差一点儿做的那样。

男人用一个喷嚏作为开场白，他看到少年并不惊讶，好像对外面的艰难一无所知，他的发问像是完全出于礼貌：“你来这儿找些什么？”

“我的朋友不见了，在来过这里之后。”

“你朋友是怎么样的？”男人说着站起来，在地上的货物里翻找。

少年只当这是个玩笑，说道："我朋友和我从小就相识……"他回忆起往事，那些在外面摸爬滚打的记忆，因为是两个人承担变得多少有些甜蜜。只是，他们相处得太久，忘记了彼此的重要。但现在想起来，朋友的一切少年都烂熟于心。少年一直对男人诉说着，脸上露出一个笑容。

来这里的人并不多，男人很快就想起来了。"三个月前，"男人说，"你的朋友来过这里。"

原来已经过去这么久了。少年想到，那天他们躺在草地上晒太阳，她突然转过头对他说："我要去找回失去的东西。"

然后她就这样消失了。

"那么她找到了什么？或者，你给了她什么？"

"没什么大不了，只是梦想。"男人说道，"笑容像真正的老人一样温和，你以为我建起失物招领所靠的是什么？"

"我还剩很多梦想，如果你需要，我也可以送给你。也许，也许你跟她一样想要知道外面的世界有多繁华。"

而少年说："我已经知道自己失去了什么。她才是我全部的梦想，我便要去找回她。即使她早已远去，即使外面的世界也不过是更大的集市。"

chapter / 25

口号战争

多年后的地球人习惯用口号进行“战争”。真正的战争在这里当然已经被彻底剥除，随着星际开荒时代的到来，大批地球男性选择远征，毕竟对男人来说无边无际的旷野永远比狭窄的经济适用房更有魅力，尤其是家里还有一个唠叨的女人和数不清的分期付款的时候。地球剩下的男性和剩余的自然资源一样稀少，好在人工培育后代早就不是稀奇事，人类种族才得以延续。不过，母亲们通常会选择培育一个女孩，这无疑使男女比例进一步倾斜。过了数年，地球上就只剩下女人。

除了金和银，以及钻石，女人们倒对矿产需求不大，地球剩下的资源对她们来说绰绰有余。一方面她们自己选择退回农业时代，以便享受无毒无公害的放心食品以及美丽透明的蓝天碧水，另一方面她们可以从空间站获得男人们送来的现代化工具，在保证生产力的同时又不会缩短休闲时间。因为下午茶和晚间购物对地球女性来说分外重要，如果因劳作错过了那段时间，她们的愤怒会像另一场星际大战一样可怕。

在很长一段时间里，女人幸福地生活在地球上，悠闲是生活的主色调。

但悠闲之后，无聊的感觉应运而生。据一个英国女孩描述，无聊就是在床上睡了一天不想起床，起床以后不想走动，甜蜜的下午茶也淡然无味。一个中国女孩描述，无聊就是逛街也不那么让人愉快了，因为她缺少一场真正的约会。她的言论一经发表就让当局倍感紧张，这可能象征着男权的再次崛起——当女人需要男人的时候，他们就有了权力。而从网络调查来看，持这种观点的女性不在少数。

就在政府感到忧虑的时候，一个契机出现了。

在法国的一个小镇里，一个年轻女孩不小心把冰激凌蹭在了一位中年女人的大衣上，中年女人很生气，因为这件大衣是她昨天才买的，女孩也很郁闷，因为她正在为自己没有而且也许永远都没有男朋友而苦恼。她们怒目而视，然后自然而然地吵了起来。打架早就被政府当作男人的败坏行为而遭禁止，在地球上打架是要进监狱的，吵架却没有明确规定。于是她们两个越吵越凶，越吵越舒畅，虽然已经很久没人这么做了，但这毕竟是女人的本能。一个小时后，两个人心情放松地各自回家。目睹整个过程的某小姐说，这是我见过最不无聊的事情，真好玩。

吵架很快就在当地流行起来，凭借网络的便捷，传遍全球也只用了一个星期。

地球政府出乎意料没有干涉，而采取了几乎是鼓励的态度来应对。当局规范了吵架的时间段：下午茶之后，购物时间之前。吵架的地点，饭桌上。（这是为了减少吵架活动的波及范围，同时也是为了不影响农业生产）吵架之前一方必须向另一方宣战，说出如“开战吧”之类的话。对于当局来说，这正是一次通过战争转移人民内部矛盾的行为。女人忙着吵架，不再需要男人。

每个人都想在吵架中胜过另一个人，但每个人都一样地生疏：伤人的语言也和情话一起枯萎了。为了让“战争”更加公平，同时减少伤害，避免误伤，当局很快宣布了一项新的规则：只准使用早已确立下的口号或名言来争吵。这项规则的颁布意味着口号战争进入了中期。

“来也匆匆，去也冲冲。”用于攻击对方体味难闻，可以用“轻轻按一下，清新你我他”还击。

“少生孩子多种树。”当一个女人攻击另一个女人女儿太多时通常会这么说，最佳的还击口号是“人多就是力量大。”

假如要说她太过铺张，可以说“不要让泪水成为地球最后一滴水”。配合哭泣的表情，更能打击对手。这句话建议用“保护环境人人有责”还击，暗含“你这个女人不也一样浪费”的意思，可使对方哑口无言。如果错误地用“男人哭吧哭吧不是罪”来回应她，不仅会失败，还可能受到鄙视。

饭桌上口号战争渐渐成熟，参战者的一招一式都有模有样。有好事者总结收集了一本《口号大全》，详细记载了出招方式和对应的表情，通用回应方式也有标注。这本书印了数千万本，成为当年最畅销的非虚构类图书。

在口号战争中败下阵来的女人们并没有放弃，但她们的内心实实在在受到了些许伤害，投机的商人写了一本名叫《心灵鸡汤》的书，据说里面记载的全都是可以安抚人心的口号，诸如“自己的心只能自己疗”之类，我并不能举出更多例子，因为购买这本书的女人从不把它拿出来示人。但它无疑很有效，因为她们看过之后都快速地投入了明天的战斗。

口号战争继续进行着，很快到了后期。

每一招进攻的口号都有了最佳的回应口号，就好像最尖锐的矛碰上最坚固的盾，女人们很快发现自己在用毫无生机的语言战斗，但却又无能为力，因为她们早就忘记了如何让自己说出哪怕一句打动人心的话。但战争必须进行下去，否则无聊就会再度袭来。所以，当一个人向你宣战，你仍然要和她无止境地争吵。

直到一个小姑娘出现在战场——她家的饭桌上——她说：“奶奶说过，吃饭的时候不能说话。”这句时间久远的口号让人无法反驳，因为每个人的母亲或者奶奶都曾这样说过。它如此有力，甚至足以终结这场战争。所以从那天起，当有人不想争吵时，只要说：“吃饭的时候不能说话。”就可以安静而愉悦地就餐。

这就是口号战争的末期。

回过神来的女人们想起了战争前的诉求：我们想要一场真正的约会。她们想起了曾经，地球上还有许多男人的时候，男人的话语有多么伤人，就有多么甜蜜。虽然也有争吵，但和解的语言也比心灵鸡汤有力无数倍。当男人和女人在一起时，说话才变得有趣。

民意再也无法阻挡，当局通过了一项提案，同意呼唤男人回归。全球女性都欣喜异常，然而她们并不想表现出来，呼唤男人回家固然重要，但女人的面子更重要。经过两周的讨论，地球女性对着太空发出这样的信息：“不准在外面过夜！”这条呼唤成为了口号战争最后的影子。

chapter / 26

讲话当真

发现那件事是在一个星期天的午后。理论上，所有故事都发生在午后，午后人们闲来无事，很容易胡思乱想。当时女孩只有十一岁，还没有为那件事作好准备。

女孩学语比平常人晚很多，也就是说，她很晚才喊出那句“妈妈”。而在那之后，她多嘴多舌的潜质开始显现。她往往一说就是一整天，有时妈妈不得不制止她：求求你，不要再说了。但她还是不停下。“您为什么不让我说话？”她说。她妈妈说：“你当然可以说，但没必要像谁欠你一样说个不停。”

而她回答："我不。"

哪里有那么多话好说呢？这是女孩永远也不可能出现的困扰。对于她来说，说话是进入生活的方式，就好像她的眼睛、鼻子、耳朵连接的是嘴巴，而非大脑。也许这是对她小时候的补偿，妈妈想，也许再说几年，她就能管好自己的嘴巴了。

她不是那种谎话连篇的孩子，相反，她很善良。她说的话和我们一样真假参半，再平常不过。实际上，"普通"一度成为这个十一岁女孩的烦心事。她做梦都想要自己变得特别一点儿，比如有个无伤大雅的缺点，或是女人的小秘密，好让班上的男孩们能在人群中一眼看向自己。

发现那件事的时候她在2路公交车上，车开得很慢，女孩说："开这么慢还不如停下。"话音未落，车就停了下来。司机抱怨道，像是熄火了。女孩下车步行，路上遇见一只野狗对着她狂吠，她瞪了它一眼，它跑掉了。女孩说："要是现在下雨就糟糕啦。"于是天上下起大雨。女孩抱着书包一路小跑，撞进家门的时候已经浑身湿透。

"你跑这么快干吗？你瞧瞧，地板都被你弄湿了。"妈妈说。

女孩傻笑着任由妈妈给自己擦头发。

"我终于有秘密了。"她说。

秘密就是说什么都能成真，女孩想。她又说了很多话，比如我要吃螃蟹，当然她是背着妈妈说的，到了晚饭的时候就看见一只通红的螃蟹放在餐桌上。她说天还是快点晴的好，不然就不能去花园里和邻居家的小男孩玩了，第二天天没有晴，但小男孩的妈妈带他们去了温室。女孩知道自己说的话都会以某种方式——无论哪种方式成真。当然，她没有说出类似世界和平的话，仔细想想，十一岁的女孩也不会这样说。

当天晚上女孩做了一个甜美的梦，在梦里天使吻她的嘴巴，就像动画片演的花仙子那样，她高兴极了，然后天使说快给你的魔法起个名字吧，女孩说，叫它来自 2 路车的魔法。因为她是在 2 路车的座位上发现它的，当时她正在掰手指头。

现在她是一个有魔法、特别的十一岁女孩了。她一直想要一只小狗，不是那种野狗，而是很乖的那种，以往她和妈妈说的时候都被拒绝了。这次她说：“妈妈，给我一只小狗吧。”妈妈盯着她看了一会儿，她的心怦怦直跳。“好的。”妈妈说，“当然。宝贝，你想要什么都可以。”

女孩对自己的魔法更加自信，她说个不停。渐渐地她摸清了魔法的使用规则，那次她站在苹果树下说，苹果掉下来。等了几分钟，苹果纹丝不动。她又说，我想吃苹果。苹果应声掉下，正好落在她怀里。女孩在通红的苹果上重重地咬下一口，一边想，原来魔法都要和我有关才能实现。这样也好，她想，我可以得到很多很多礼物。

周末很快过去。女孩照常去上课，换校服的时候她对妈妈说：

“班上的同学们都很喜欢我。”这是她一直以来的愿望。“是吗？”妈妈笑着说，“和他们好好相处。我上小学时也有很多好朋友。”说完，妈妈摸了摸女孩的脑袋。

在学校，同学们很热情地和她打招呼，这是女孩预料之中的。她把妈妈送她的巧克力分给他们。她有了更大胆的想法，如果邻居家的小男孩喜欢自己该多好，她把这句话对同桌说了。她的同桌是个流着鼻涕的小男孩，正在吃她送的巧克力，他嘿嘿地傻笑了起来。过了一会儿，邻居家的男孩走进教室，径直走向她的座位，问她要一块巧克力。递给他时她的心跳又加快了。“喂，”男孩说，“放学要不要一起去吃冰激凌？”“我考虑考虑。”女孩说。

从那以后她经常和男孩一起吃冰激凌，有时候是去公园。有一次他们一起看动画片，是一个有关女巫的故事。女孩说：“我也是女巫。”男孩问：“你也会变出冰吗？”女孩说：“我不会，但我能请你吃冰激凌。”

到了周末她不和男孩玩。她当然可以用魔法让他来找她，或者自己走上几步，但她觉得女孩要矜持，保持神秘。这是她在星座书上看到的。她在家里和小狗玩，小狗很乖，她们在花园里丢飞盘，能玩上整个下午。有时飞盘丢到栅栏那边，她咳嗽几声，男孩立刻就把飞盘丢回来。男孩手扒着栅栏，几次想和她搭话，但她和小狗玩得很认真。到了晚饭时，妈妈又做了很好吃的甜点，当然这是女孩预料之中的，但她还是说：“妈妈你真美。”即使在幸福中，她也不会忘记自己的魔法。

星期一她又能见到男孩了。男孩看起来有点闷闷不乐，她一下就猜到了他的心思。放学后她邀请他到自己家来丢飞盘，他来了，但躲在门后不出来。

“你怎么不说话？”女孩问。

“我不喜欢狗。”男孩说。

“为什么？”

“不为什么，就是不喜欢。”

“小狗多可爱啊。我们一起玩，你不要生气了。”

“那好吧。”男孩说。他小心翼翼地拾起飞盘，轻轻一丢，小狗飞快地蹿出去。等它把飞盘叼给他的时候他笑了，笑得有些勉强。

“我还是不喜欢小狗，我以前被狗咬过。”男孩说。

“那好吧。那我们玩别的。”女孩说。

“谢谢你。”

女孩说：“但它真的很乖，不咬人。” 她揉了揉小狗的头，说：“你说对吗？你会咬人吗？”

女孩拉着男孩回屋子里看电视，五点半的动画片开始了。女孩一直说个不停，男孩不怎么回答。她觉得他被吓着了，早早地让他回家。

那之后几天她没理男孩，每天放学都回来和小狗玩。她妈妈问：“怎么不见邻居家的小男孩呢？”她说：“我不爱跟他玩，他不喜欢我的小狗。”

她在花园里丢飞盘，再也没扔到过邻居家。她眼神总是忍不住向那边瞟。男孩在栅栏后面偷看，她装作不知道。

她想起小的时候，她没有小狗，也没有朋友，爸爸总是陪她在花园里玩。印象中爸爸会给她讲很多故事，类似小熊的丛林冒险啦，小仙子啦什么的，她爱听。她觉得自己有最会讲故事的爸爸。

那只是些普普通通的睡前故事，后来她都在书本里找到了。不知道从什么时候起，爸爸不爱说话了。像是以前不会说话，以后也不会说那样，让她开始怀疑小时候的记忆是否是假的。

于是，她开始说个不停。

那天她一边给小狗顺毛一边想着，她对小狗说：“还是小狗最可爱。”她感到了栅栏那边的骚动，她眼角的余光看向那边。他像我爸爸一样笨，女孩有些生气，手上的力气变重了。小狗汪汪叫着表示抗议，女孩没有意识到，手上越来越紧。突然，她感觉手背一疼，小狗在她手上重重地咬了一口。

她立刻哇哇地哭了出来。小狗仍然咬住不松口，她看见血从小狗的嘴角流出来。她用力地一甩手，狗随即发出呜呜的声音，她一脚踢在它身上，更大声地哭起来。栅栏那边一点儿动静也没有，她委屈极了，说：“我再也不想见到你们！”妈妈循声而出。“怎么了？宝贝，不哭不哭。”她说。女孩扑进妈妈怀里，哭声变成了啜泣。

第二天，女孩手上缠着绷带进了教室。她想好了，一会儿看见男孩就假装没看见。自己这么惨都是他害的，她不要理他。她坐在座位上，发现周围的同学都在笑，她问同桌发生了什么事，他指了指黑板。黑板上写着她和男孩的名字，名字上面有一把雨伞，一个爱心，两个大大的字：“早恋”。可恶的同桌，吃巧克力时最卖力，现在却笑得最大声。她真是恨死他们了。

男孩也在，他坐在自己的座位上不说话，没有笑。他走到她桌子前面想说点什么，扭扭捏捏，看着自己的手指。这样一来同学们笑得更大声了，女孩憋红了脸，说：“你滚，都是你害的！我不要见到你。”男孩还是想说话，却被更大的笑声淹没了。

回家的路上女孩越想越不开心，却不知道用魔法让自己开心起来，所以一句话也没有说。快到家的时候她听到一阵尖锐的刹车声，一个黑影被2路车撞飞了，是一只狗，车没有停，狗的尸体血迹斑斑地摊在马路中央。女孩不敢走近看，她吓坏了，“死”这个字在她脑海里盘旋。回到家，她没有听到熟悉的狗叫。

“你回来了，今天开心吗？”妈妈说。

“开心，妈妈。”她说。

“快去洗手，我做了你最爱吃的螃蟹。”

“我不想吃，妈妈。”

“快去，一会儿隔壁一家要来我们家玩。他们明天搬走，我们一起吃个晚饭。”

妈妈发现女孩哭了，把湿漉漉的手在围裙上蹭了几下，抱住她。

“妈妈。”女孩说，“妈妈，你看见我的小狗了吗？”

女孩一直哭，慢慢在妈妈怀里睡着了。妈妈想到丈夫还有很久才下班，就抱着她看了一会儿。然后，把她抱回房间里。

晚上，女孩被楼下欢乐的笑声吵醒。男孩的声音也在其中，她听见男孩问自己去哪里了，紧接着听见脚步声，妈妈在门外敲门。

“宝贝，起来吃饭了。”

“我不想吃，妈妈。求您了。”

“客人们明天就要走了。”

“我不想见他们。”女孩说。

她知道一切都是自己的魔法害的，都怪自己胡言乱语。她痛恨自己，小狗是她害死的，糟糕的事也会发生在男孩身上。

女孩把自己锁在房间里，她不想伤害别人。妈妈来了几次，她不让她进来。

“宝贝，出来吃饭了。”

“你给我送过来吧。放在门口。”

妈妈照做了。当然会照做，女孩每句话都会成真。

“宝贝，出来玩吧，外面的阳光很好。”

“没人愿意和我玩。”女孩说。她想起不用魔法的时候，自己总是孤零零的。

“五点半的动画片开始了，宝贝，要不要看？”

“动画片里都是假的。”

女孩发现自己正在失去一些东西。那些她用说话随意得到的东西，正在以加倍的速度从她身上溜走。

“妈妈，求求你，不要再说了。”女孩说。

妈妈站在门外，说：“到底发生了什么，你为什么不愿意和我说话？”

女孩捂住自己的嘴，缩在被窝里不出声。

妈妈敲着门：“你到底怎么了？你爸爸不愿意说话，现在连你也不和我说话。”

女孩流下眼泪，几乎被自己的手捂得喘不过气。

敲门声越来越大，她知道妈妈生气了。同时，她也知道，此刻她爸爸坐在客厅，一动不动地看着电视，像他往常做的那样。

“你说话啊，你不是最爱说话吗？”妈妈用力地捶打着门。

女孩满脑子都是2路车撞上小狗的场景，大街上全是血。那一瞬间她明白死原来是这样，而不是那样。之前她只在书里见过这个字。

“再不说话我就要砸了。”妈妈歇斯底里地说。

“我不要见到你，你去死吧。”女孩喊道。

门外没有了声音。

我都做了些什么，女孩痛苦地撕扯自己的嘴巴。“求求你，不要。”她说。门外没有回答。女孩哭着，心里绝望极了，现在一切都晚了，话已经说出口，很快它就会变成真的。无论以哪种形式，她都将失去妈妈。

在这种怨恨之中她不知不觉睡着了。她做了一个空白的梦，一片寂静，也没有天使，她一言不发地坐在地上，后来，她站起来走，走过平原，走进教室，一推开门，所有人都在。

第二天早上，她被一阵狗叫声吵醒。

门外响起敲门声。

“宝贝，起床了吗？快开门。”

女孩冲向房门，简直不敢相信眼前的景象。

妈妈抱着她的小狗，微笑着等着她。

“妈妈，你怎么？”女孩说。

“你瞧，你最爱的小狗，我在邻居家找这个小家伙。它一个人在空房子里玩得很开心，我找到它的时候它正在喝牛奶。瞧瞧，多体贴的邻居啊。”妈妈说，好像忘记了昨天的事一样。

“它为什么没有死？”

“说什么傻话。来，抱住它，下次对它好一点儿。”

女孩接过小狗，小狗亲切地叫了一声。她还是不敢相信。难道是魔法在不知道什么时候消失了，或者……她突然想到，也许以前的种种都是巧合。妈妈送小狗给她，做螃蟹给她吃，男孩和她玩，只是因为他们真的喜欢她。

她从来都是普普通通的小姑娘。

妈妈看见女孩一会儿哭一会儿笑。

“宝贝，你怎么了？”妈妈问。

“没什么。”女孩说，“什么也没发生。”

chapter

/

27

小电影院

世界上没有十全十美的事情，所以小电影院永远那么有趣，却要附带一个脾气暴躁的放映员。不过附近的居民明白这一点，表示愿意把它们一起接受下来。

很少有人注意过放映员，电影足够精彩只是原因之一，放映员足不出户也是事实，他的活动范围仅在那个狭窄的放映室里，不过他的声音倒是常常出现：每次开场前，放映员都要喊一声，开场了。那声音听起来恶声恶气，一开始的时候常常吓哭小孩子。

但等那些小孩长大一些，就再也没人注意那凶巴巴的“开场了”的喊声，连带着被忘记的还有放映员本身。他显然不甘被淡忘，仍然每场都喊，甚至还多此一举地在电影结束后喊一声“结尾了”。

他只是想让人注意到他。

有一次，一个男孩出于好奇，在放映结束后溜进放映间。放映员正准备宣布电影结束，看见这个不速之客，自己的领地被闯入的愤怒感大过了被关注的欣喜，他粗暴地让男孩滚出去，并宣布自己再也不想在影院看到他。话筒没有被关闭，那天的观众听到的不是“结束了”喊声，而是放映员愤怒的咒骂以及男孩隐隐约约的啜泣声。人们脸上带着古怪的表情离开，只有清扫电影院的清洁工听到了后来的声音——放映员抱着脑袋，轻声嘟囔道:“天啊，我都做了什么。我搞砸了一切。”

从那之后再也没人尝试进入放映间，不过，借由男孩之口，所有人都知道了放映员的秘密：一、他是残疾人，坐在轮椅上；二、他自己剪胶片。

从那之后放映员再也不尝试让人们注意自己，他沉默地开始放影片，然后沉默地结束。

放映员是个外乡人，五年前他来到了这个小镇，成为小电影院的放映员，当时他还没有坐在轮椅上。残疾是后来的事，在一场并不强烈的地震中，放映员被从高处掉落的电影胶片砸中脊椎，从此再也站不起来。这件事只有几个人知道，除了他，那场地震给任何人带来的影响都微乎其微。放映员所能做的只是继续工作下去，好在放映厅很小，坐在轮椅上也可以正常工作。

现在所有人都知道了他是残疾人，他的自尊让他更加孤僻，而人们只是在发出一声意味不明的“哦”后，继续自己的工作，在傍晚来临后来小电影院看一部欢快的喜剧。倒是他外乡人的身份被重新提起，让他格外不自在。

于是他全身心投入到电影中，他精心选择精彩的电影，在合适的日子里播放，偶尔他也会剪下自己热爱的一两个镜头。有时，他放喜剧，狭小的窗口阻挡不住观众的笑声。更多的时候是悲剧，透过玻璃他也能看到有女生拿出手帕擦拭眼泪。观察观众成了他最大的乐趣，在他看来，这也是电影的一部分。放映员坐在高处，看到下面昏暗的小电影院里，欢喜或哀伤的脑袋摇摇晃晃，就会感到心满意足。

随着时间的推移，他放映的电影假如堆起来，几乎可以放满整个电影院。不过胶片都是流动的，放映结束之后，就要送往下一个地方。我们可以说电影用另一种方式塞满了这里，那就是众人的回忆。而且放映员并非没有留下些什么，每部电影他都剪下一两个自己中意的镜头，很短，没有任何人会察觉。剪下的胶片被他放在一个铁盒里。

也许是因为专注于这件事，放映员不再禁止别人进入放映间，只是很少有人愿意来这里了，小电影院的生意也一日不如一日。

人们说这里的设备老化，电影总是以乏味漫长的文艺片居多，还没有 3D 效果。放映员对此不屑一顾：“3D，那玩意谁真正需要呢？”偶尔也有人愿意来放映间和他聊上两句，不过放映员发现，他们都有了老态，就像他自己一样。

一天，一个少年敲门，他请他进来。

“您还记得我吗？”少年开门见山地问。

放映员明智地选择了沉默，但他的表情还是暴露了他的诧异。

“您也许不记得了，我是第一个闯入放映间的男孩。”

“如果那次你像现在一样敲门，也许我会很高兴见到你。”放映员笑道。

少年也笑起来：“我很抱歉，当时我只是急于知道那些有趣的故事都出自哪里。”

“那你知道后一定很失望。”

“并不。”少年说，“我只是看到您剪胶片时吓了一跳。”

放映员不置可否地一笑，少年接着说：“我今天来是为了表示我的歉意，因为我就要离开了。”他看了一眼放映员的轮椅，说：“我不该把这件事说出去。”

“相信我，那没什么大不了的。”放映员说道。

两人都陷入了沉默，过了一会儿，少年先开口：“我还是很好奇您剪下胶片做什么。”

这个问题让放映员高兴，他的作品需要展示，虽然还未全部完成。他转着轮椅的轮子，拿来那个铁盒，里面不是零碎的胶片，而是一卷胶卷，他把它放在放映机里。光影在荧屏上无声地闪动，聪颖的少年很快明白了这是怎么回事。

那是由无数片段组成的影片，镜头飞快地闪动，树木，雾气，贩卖冰激凌的商店，或是一座喷泉，无疑那是些精彩纷呈的片段。少年从中看到了几部电影的影子，《罗马假日》《廊桥遗梦》《音乐之声》……有几秒钟，他的大脑被当时观影的回忆占满，尽管如此，少年还是注意到了，这部影片缺少最重要的东西，一个主角。

那个人就是放映师。

他用从别的电影里剪除的片段来组成自己的电影，在电影里经历了出生、成长、恋爱、初吻、历险和功成名就，就像他用观察别人的状态来组成自己的生活，在小电影院的阁楼上想象自己度过了多彩的一生。少年翻过铁盒，果不其然，上面写着影片的名字《美丽人生》。

“我希望在电影院拆除前完成它。”放映员不无得意地说，等待少年出口盛赞。

“我觉得这真是糟透了。”少年说。

“什么？”放映员不相信自己的耳朵。

“我说这糟透了，你以为你什么都有了，其实你连亲眼看看那些景物都办不到。”

这次放映员被彻底激怒了，他几乎要从轮椅上跳起来，破口大骂地让少年滚蛋。不过他毕竟控制住了，他冷笑道：“哼，你怎么知道我办不到？你之前说什么来着，你准备离开，你要离开去哪儿？”

少年重复了一遍，自己要出远门。

几个星期后，小电影院的放映员换成了一个少年。他把小电影院装修一新，把这里变成了自己的电影。而那个老放映员则不知去向，至于他去了哪儿，谁又真正关心呢？毕竟，世界上没有十全十美的事。

有时少年一个人观看那部《美丽人生》，想象着老人坐着轮椅狂奔的景象，少年确信自己给这部电影补上了最好的结局：未完待续。

chapter

/

2 8

雪人星球

在遥远发亮的群星中，有一颗编号（以银河系编制）为ET−2的星星，那里全年无夏，永远笼罩着风雪。太阳好像抛弃了这个边缘世界，于是永远带来寒冷。幸运的是造物主却没有那么绝情，他创造了雪人给这个世界些许欢乐。

雪人靠水汽生存。他们在被不知谁的手堆砌起来的同时就获得了生命，起初他们很迷茫，不知道自己为什么出现在这里，为此还流了几滴眼泪。眼泪很快冻成冰，雪人们环顾四周， 看到冰天雪地的世界，也渐渐明白了自己为何而生。

雪人堆起来的小雪人并没有生命，而只要ET−2

的温度不改变，雪人也不会死去，所以雪人的数量既不增多，也不减少，正好 100 个。到了有星星的夜晚，雪人们站在 ET−2 的各处一起仰望天空，光洁的身上闪烁着星光。

有一个小雪人，最后一个被创造出来，所以名叫一百。也许是因为堆雪人的人偷工减料，或者心不在焉甚至心生厌烦，一百要比其他雪人矮上不少。堆雪人的人事后感到有些难为情，可一百的身体已经成型，于是他给予了一百更精致的面容，和一个格外透亮的红鼻子。

值得一提的是，ET−2 上的 100 个雪人虽然统称雪人，但其实形状各异，有飞鸟，也有游鱼野兽。雪人的性格样貌其实和堆雪人的人当时的情绪也多有关联。

小雪人一百，就是一个心不在焉的小男孩。作为最小的雪人，并且也是为数不多的真正意义上的“雪人”，ET−2 的居民们都对一百格外宠爱。一只肥胖的熊，那个人堆它的时候一定充满爱心，所以它是一只有爱心的熊，它喜欢把一百抱在怀里睡觉。没有一百，它就睡不着，这让一百非常苦恼。有一只恐龙，热爱恶作剧，不过并不过分，它几次藏起一百的鼻子，让一百一顿好找。他们是如此地宠爱一百。

尽管如此，一百还是很快感到厌倦了。

“为什么这个世界全是白色？”

一百最喜欢的事情，是听人讲故事。偶尔会有星际旅行者经过附近星域，在 ET-2 落脚歇息，顺便补充水分，这时一百就会迫不及待地找到他们，请他们讲讲别的星球的趣闻。那些有香气而且五颜六色的花朵，绿色的叶子，黑色的石头，更奇特的是水也可以有色彩——在它们名叫彩虹的时候，当然，还有鲜红的火焰和血液，这些都让小雪人着迷。经不住一百的追问，星际旅行者把这些统称为夏天。

不过，一百始终是有分寸的，他从不会靠近旅行者的飞船就是明证之一。连续几年，ET-2 多半雪人都听到过一百的喃喃碎语："好想看看夏天啊。"

所有的雪人都拍拍胸口说："好可怕！"

离 ET-2 只有两三个星域距离的地方，有一颗没有编号的星球。实际上，只要有生命体的星球都有编号，这个星球也不例外，但这是一颗中介星，大量的星际旅行者在这里中转，每个旅行者都给这个星球起一个名字，长此以往，它便忘记了本来的编号。这就叫中介星。

中介星的土著名叫"冰箱人"，这当然是绰号，却无疑相当准确。中介星是一个温度相对较高的星球，冰箱人的体内温度很低，正如冰箱一样，所以虽然外界很热，他们体内凉爽，便觉得恰好。冰箱人可将物品放入身体保存，这也就是他们为什么能胜任星际快递员工作的原因吧。他们在星际间运送珍贵物品，顺便负责勘察开发新的旅游线路。

冰箱人体内的温度不可调节——永远是那么低，到了别的不那么热的星球,反而会感到不适。这就造成了冰箱人是恋家的种族，非常热爱自己的原住星球（中介星上却充满了旅人，这多少有些讽刺），所以工作之后他们总是早早回家，喝一杯温热的啤酒。

有一个冰箱人——为了表示尊重，姑且称之为冰箱君，有一天，他在运送货物之后，途经ET-2，当时他归心似箭，本不可能停留。但那天鬼使神差，冰箱君突然想要在ET-2喝上一杯。

就这样，他遇到了小雪人一百。

有段时间没有旅人来ET-2了，一百感到疲惫，还有一点儿厌倦，好像要化掉了一样——当然在这个寒冷的地方想要化掉是不可能的。如果不是他恰好四十五度角仰望天空，差一点儿就错过了和冰箱君的相遇。

关于外面的星星，一百已经听厌，他几乎可以复述一遍，于是便复述了一遍。冰箱君惊奇于一百对星际间事情的了解，从某种程度上来说，可能比中介星人了解得更多。他静静地听着，暂时忘却了寒冷带给他的不快，当一百用那句“好想看看夏天啊”结束交谈时，他缓缓地说道：“也许，我可以帮你。”这句话说出，远处的雪好像发出了崩塌的声音。

一百简直不敢相信自己的耳朵：“真的吗？”但他心里已有了答案。

冰箱君回答道：“当然，你可以钻进我的肚子。你瞧，它就像冰箱。”

“还等什么，现在就出发吧！”

“等等，你难道不需要和朋友告别吗？”冰箱君对家的重视使得他这样说。

“不，那样我会失去离开的勇气。”一百回答，远处的雪这次真的坍塌下来。

趁着夜色，小雪人一百钻进冰箱君的肚子里，向夏天进发。一百看不到外面的景色，一路上只能通过和冰箱君聊天来排遣无聊。他问道：“血液真的是鲜红的吗？”冰箱君回答：“是的。”

但并没有告诉他流血是因为有人受到伤害。他问道：“鲜花真的五颜六色吗？”冰箱君也给出肯定的答案，但并没有告诉他有的鲜花没有机会开放就要枯萎。

渐渐地冰箱君发现小雪人一百对世界的认识，都来自他洁白的雪人之心。这实在不能说比中介星的人更了解世界，也许说是他对世界一无所知也未尝不可。

旅途继续，数目众多的飞船预示着中介星就在不远的地方。冰箱君竟没有一点儿归家的喜悦感，他突然想到（其实他早就想到，只是现在开始变得在意起来）一旦离开自己的身体，小雪人一百就会融化在夏天里。一百难道没有意识到吗，还是他明知如此还要看看夏天，只为了看看夏天。终于，冰箱君悄悄地扭转飞船按钮，将航行方向调向了与中介星完全相反的地方，他明知一百不可能察觉，但还是做得格外小心。

一百一直在憧憬着夏天，所有的闲话都已经讲完，他只是一遍遍地问着还有多久才是旅途的终点。“到了吗？”一百问。“还没有，就快了。”冰箱君答，他们在星际间重复着这样的对话。

到了吗?

还没有，就快了。

chapter
/
29

名叫乌鸦的少年

在“乌鸦嘴”这种充满贬义的说法传遍世界之前，乌鸦在捷克只是众多鸟类中平凡的一种。不过这并不妨碍他们拥有自己的王国、民众、智者和先知。然而，乌鸦王国最多的却是诗人。

“诗歌当如婴儿第一声啼哭。”一位乌鸦诗人这样为诗定义。不得不承认，他说得很对，即使他自己未必真正理解这句话——假如理解的话他一定不会写出那么多烂诗并且还打算继续写下去。关于这名乌鸦诗人的姓名，我们在此隐去。

很多时候你无法分辨哪一位是真正的诗人，哪一位只是用韵脚说一些白滥话。毕竟另一位诗人说过“小丑将和英雄同道”。为了保护这位诗人的名誉，他的名字仍然需要隐去，即使他的诗并不算差。

没有人知道乌鸦王国到底有多少诗人。清晨，他们从天空中划过，唱的是一首晨曲。到了夜里，在你辗转反侧的时候，他们仍然作诗。好诗让人安眠，坏诗使人痛苦万分。至于夜里在窗外吟诗的乌鸦是哪一种，全凭你运气。有时候乌鸦们站在树杈上向下看，人们路过这棵树，他们都不再出声，这时候沉默也是一首诗。

乌鸦王国也许人人是诗人。毕竟上帝给了他们尖嘴和黑色的羽毛，就是要让他们带来些什么，无论带来的究竟是什么。乌鸦早已习惯把诗歌当成语言来使用，这不得不说是一种滥用，因为诗歌的韵脚优劣与否都可以影响交流的效果，一句诗带来的表达远比他们想要的更多。更重要的是，如之前所说，诗人永远良莠不齐。

有一只名叫 K 的少年乌鸦，对这一切感到厌倦。他厌倦在乌鸦王国里，最好的诗人成为国王，其他乌鸦只能沦为听众。他也厌倦每只乌鸦都喋喋不休，每只乌鸦都在说，却无人做倾听者。好吧，他心里知道自己厌烦的理由其实互相矛盾，他只是想要离开了。

“吵死了。”K 说，乌鸦王国的上空飘满了意象和意义，灰蒙蒙的，诗歌的长期滥用无疑造成了巨大污染。

K 反复地离开。第三次的时候，他搭载一列火车出城，没有人知道他是怎么做到的，也无从知道，因为他没有带随行诗人，而且自己也不愿写诗。可以想象的是那是一个冬天，白雪压在树枝上，有一天早晨 K 的父亲掀开 K 的被子，发现他逃跑了。老乌鸦并不吃惊，反而泛起一阵冷笑。他把这当作 K 的又一次煞有介事的叛逆，老乌鸦吟诗一首：“脆弱，你的名字叫乌鸦。”然后拉起被子到树杈上去晒。

据 K 后来的描述，在火车之后，他又搭乘了轮船（说到这里听众们惊讶地“哦”了一声），以及汽车，总之很少自己飞。他来到了日本，每天听日语，看日出，不用作诗也不用忍受烂诗。看到一只虫子，他不用想这象征着什么，简单明了地吃掉。看到有人将死，他不用唱哀歌，甚至不用掉一滴眼泪。（说到这里有乌鸦质疑他是否太过冷酷，K 回答是的，有一点儿。）他在日本吃胖了许多，飞起来有些吃力。一段时间后，他学会了用日语作诗。

“那里太静了。”K 这样解释自己回来的原因。

有关 K 的第二次离开，乌鸦们都知道那是为了一只母乌鸦。她是他眼中最美的乌鸦。“她划过天空的样子好像一首诗。”K 用这个比喻形容她，又想到诗歌在乌鸦眼中的平常，便补充道：“她是明星。”但这都无法形容她在 K 眼中的意义，那是 K 第一次感到诗的无力。他扑扇扑扇翅膀，从一棵树飞至另一棵树。

但 K 在她眼中的地位并不如 K 想象中的那么深，或者该说其实低得多。她轻蔑地看着 K，轻抬翅膀，说道：“知道我对伴侣的要求吗？首先，很放荡。”K 明显误解了这句话的含义，他飞快地回家，脱下外套就开始写诗。这是一首关于放荡和热烈的诗，K 一边嚎叫着一边完成了它。他有些厌恶，因为这不是他喜欢的风格，更加让他厌恶的是，在他站在最高的树杈上朗诵这首诗的时候，有不少乌鸦因为用翅膀捂耳朵而从天上掉下去。而他的明星压根儿没有出现。K 伤心得好像同时失恋两次，于是自然而然地想到了离开。

值得一提的是，那次之后，“离开”一度成为流行的诗歌主题，每个乌鸦都有一两首关于“离开”的诗。

K 在忘掉母乌鸦之后悄悄地回到捷克，和他离开时一样没有给别人带来任何影响。

初次逃跑是在某一个夏天。K 感到炎热，那种炎热既来自外部，也来自他柔软的心。他想要脱掉黑衣服，假如可能的话，也想不再写诗。他不知道这里的喧闹到底能维持多久，最后，又有多少声音能留下来。想到这里他不情愿地起床，想象自己变成了甲虫——至少那样足够坚硬。

但他什么都不是，只是一只乌鸦。

一只对吟唱感到厌倦的乌鸦。

同样早起的父亲发现 K 并不在房中。父亲平时并不喜欢 K，因为 K 太过阴郁，他的诗既不赞美上帝，也不感恩。不过父亲还是为 K 的失踪伤心了那么几秒，甚至他还着急地抖落了几根羽毛。

他叹道：“他将走向何方？”

父亲去找乌鸦王国的国王，那位最好的诗人。

“他去哪里了，我该如何是好？”父亲问。

国王说：“没关系，没有人真正逃得了。出世只不过是另一种入世的方式，逃避诗意不过是又一种感伤。”他仿佛洞察一切：“他永远会逃，永远会回来。”

后面的事，你们都已经知道，就在这里结束吧。

chapter / 30

北极冰

在北极，如果两个人在路上偶遇，想要聊上两句几乎是不可能的。因为天寒地冻，说出的话一落地就变成了冰雪，对方听不着，只能捡回家烤来听。有时候捡起一块冰，薄薄的一片，便能猜到那是一句轻薄的寒暄。但还是不甘心，一定要带回去，等着冰化开，果然是一句晚上好，这才释然。

一句情话是一块透亮的冰，也许很薄，但是很重。回到家就要关起门来，倒一杯红酒，偷偷煮来听。只有这样才能还原当时当地的情绪，那个词要怎么读？微醺。有时舍不得听完，还要把剩下的冰藏起来。

长辈对晚辈的关怀则是一块浑厚的冰，不会太重，不过是暗色的。这样的冰要用文火煮来听，才有些慢条斯理，语重心长的意思吧。

至于路边的脏雪，一定不要捡来。除非你不怕污言秽语弄脏你家的书桌。

当然，这些只是通常情况。毕竟语言千变万化，难以揣摩。

多数人总是把所有冰都烤来听。

只有真正的行家里手才能分辨话语的成色，举起来对着光透一透，在手间掂一掂重量，就知道好话坏话。掌握这些技术的大佬们在小镇里开了一家家冰店，帮人排忧解难。比方说，你最亲近的人郑重地送给你一块冰，你担心害怕进而揣摩他的意思却迟迟不敢烤来听，就可以拿到冰店让大佬看看。知道是好话或者情话，就可以欣然打开。若鉴定为伤心的话，原封不动地退回去，至少还能保存些面子。

有一个少年，是一位真正的行家。他能分辨好冰坏冰，分辨精准并引以为豪。这种人本就是天才冰语师，不过他一直没有开一家属于自己的冰店，没有人知道个中缘由，只当他性格孤僻，不爱抛头露面。

少年最爱做的事是在路上捡拾废弃或遗失的句子，捡回家慢慢煮来听，然后揣测说话者的模样、神态和心境。每天捡回来的冰各不相同，少年虽能分辨，除了脏雪之外却也不挑，一律捡来。

少年的做法是用钳子（用手会影响清晰度）夹起一片冰，先在文火上烤一会儿，大体就明白是什么种类，然后再选择该用烈火、中火、温水、温酒还是想点别的办法来听。在这一点上他很是讲究的，因为不同的做法对冰的影响很大，胡乱一烤实在是暴殄天物。昨天少年就烤出一块两个兄弟拌嘴吵架的冰，少年哈哈大笑，用力地把冰摔在地上，兄弟俩的话语就噼里啪啦地跑出来，落得屋子里到处都是，很久才停歇。

行动粗暴，但这事极高雅。

少年还有一个癖好，是闭眼挑冰。因为看一眼他就知道是哪种冰，不免有些无趣，闭眼挑冰好像抽牌，永远不知道下一张是什么。比较遗憾的是遇到破碎的冰，只听到一半，就没了下文。遇到这种情况少年也无可奈何，就出门去寻碎冰，多数结果当然是找不到的。好奇难耐，只好补冰。

一块冰的成色首先要了然于心，然后才是补冰。对于少年来说这没有什么难度，难在揣摩说话者的心情。人心瞬息万变，话语千回百转，很难想象下一句是什么。没有人不会失手，即使是少年的师父。

那是在三年前，他孤身一人在冰原上游荡，是师父捡到了他，像捡起一块冰一样随意。他恍恍惚惚地跟在师父身后，没走几步就晕了过去。醒来时发现自己在房间里，身上的毛皮让他手脚渐渐恢复了知觉，他隐约嗅到了柴火的干燥味道和动物血液的腥味，感到幸福安宁，就在这时他听到了师父的声音：“给我一个不把你扔出去的理由。”

“啊？”少年的心情瞬间跌到谷底。

少年最后没被扔出去，还成为了她的得意门生——没错，少年的师父是位姑娘。

他对冰的好品位都要得益于她。

他们曾经一起在冰原上寻找碎冰，他在前，她在后，一句话不说。那时少年已经能独当一面，在外多年游荡的经验让他显得轻松自如，他从没有回头看过她，只是低头捡冰，但回去的时候她总是不远不近地跟在他后面。

但师父并没有教他多久。

有一次，一个男人找上门来将一块薄薄的冰送给师父。少年不用摸也知道，那是一句寒暄，再好分辨不过，但师父却把它当作一句情话，一句送给自己的情话。这个低级错误，他一直不知道她是有心还是无意。

师父被男人伤透了心。

师父说：“听了那么多的话，我还是不懂人心。”

少年听不明白，但看见师父掉了眼泪，他第一次意识到她是很好看的姑娘。

姑娘走后，他把两滴泪珠结成的冰晶捡起来，成为了新的冰语师。

他仍然补冰，但对自己说要慎之又慎。

午后，少年拿着一块冰端详。

在文火上烤一烤，就一瞬间，一个小角化掉了。

无法得知剩下的冰是什么形状。

果然最难补的冰是情话。

苦思冥想不是办法，少年决定多找人练练手。家里存的冰已经用完，路边捡拾本是随性而为，现在也已经来不及。少年很不情愿地来到一个熟识的大佬家。所有人都知道少年的性子，知道他不喜人多，所以看到他来很是惊奇。

“有何见教啊？”大佬以为少年是砸场的。

“借几块冰。”

“好说，多少都行。”大佬喜笑颜开。

“不问为什么？”

“不问。”

“你下一句是‘只要你走就谢天谢地’吧？”

“……”

少年装了一口袋的冰，正准备出门，到底还是没忍住："你手上拿的那块，对，看起来很透亮的，你再好好掂掂分量。那怎么看都是一句有些暧昧的寒暄而已，它还缺点重量，最好还是别打开的好。你是不是老了啊，怎么这都看不出来？你别瞪我，我只说最后一句，各位朋友，觉得自己的冰不完整的朋友可以来找我。"

少年走了，留下大佬吹胡子瞪眼。

从这天起，虽然名义上没有开冰店。但却有越来越多的人来找少年补冰，少年也乐于接受，就当是练手的机会。

仅仅一句"我走了"就有许多种补法。

一个少女拿着男友留下的冰，少年细细地听这块冰，他的语气细微地停顿，补出下一句："很快就回来。"

并不是所有"我走了"之后都能补上"会回来"。

一个青年拿着父亲的遗言："我走了。"

"还有呢？"

"没有了，这是一块完整的冰。"少年说，"因为你父亲相信你能明白他的意思，所以不用再说。"

时间过得飞快，来这里的多是年轻男女，补的冰多是情话，情话最残缺，最多变，最难补。

越是补冰，师父的想法就越让少年捉摸不透。直到少年自己也“遇到”让他犯错的“那个人”。

她留给他一块冰，是一句稀松平常的寒暄，一个用句号结尾的问句。但任凭少年努力多年，也无法解开这块冰。不是不能，而是不愿。

那就是一句寒暄。少年开始明白当年师父的心境，她无法补出那块冰,是因为她已经在自己心里偷偷地埋下一块冰,一句情话。

而现在，在化开的冰晶里，姑娘这样说：“你想对我说些什么。”简单的八个字，少年却完全无从入手。

“你想对我说些什么。”一开始少年无话可说，如今却是话已说尽。

这天早上，北极小镇所有人都看见害羞的少年行色匆匆，手中抱着木桶，敲开别人的房门。

“抱歉，能把我补的冰还给我吗？嗯嗯，告诉我内容就好。”有的人欣然同意。有的人大声斥责。少年始终面带笑容地道歉，终于收回了所有句子。

他把它们放在木桶中融化，调和，塑造成想象中的样子。他觉得三年补冰都没有白费，因为他一直在练习，练习说出一句完美的情话。

然而当一块又大又美的冰雕被堆砌起来，少年的动作却越来越慢，好像力气用完一样，最终停下。

冰雕在太阳下闪着五颜六色的光，看起来那么虚幻。没有什么比语言更不可信的了。他突然醒悟，听了那么多话，自己却还是摸不透人心。

第二天早上，北极小镇有一个姑娘的房门被面带微笑的少年敲开。他两手空空，只给了姑娘一个拥抱。——其实，最好的情话，是什么也不说。

良久。

“算我没有白教你。”

那是少年记忆中的声音。

姑娘在少年怀里小声呢喃，像多年前一样美丽。

chapter / 31

勇敢的少年

少年走在泥泞的沼泽边，手腕上的红绳掉落在地上，他甚至没有皱一下眉头。

少年不允许自己有丝毫动摇。从小他就是一个爱哭鬼，他害怕失去，会在被夺走心爱玩具的时候猝不及防地哭出声。他心爱的人告诉他，这是不勇敢的。于是他知道自己真正被夺走的东西名叫勇气，他时刻这样提醒自己，踏上了寻找的旅途。人们告诉他，他只需打败旅途终点的“恶魔”就能夺回自己失去的东西。

“不要去捡，这是不勇敢的。”

少年继续前进，很快走进了一片森林。

头顶的月亮提醒他已经走了整整一天，昨天在攀爬时磕伤的地方因为未经消毒已经变成了浅黑的伤口。此刻，膝盖的疼痛感甚至战胜了困倦，但还不到休息的时候，他必须在深夜来临之前找到一个安全的树杈。

他深一脚浅一脚地向前移动。乌鸦的叫声好像无处不在，少年的脊背有些发凉。因为举着火把，他的背后都是漆黑浓密并且沉默的影子。

“不要回头，这是不勇敢的。”

清晨的阳光告诉少年，他又熬过了一天。他稍微移动一下身体，发现自己被藤蔓绑在树杈上。这无疑是正确的，可以防止他夜里从树上掉落下来摔伤，但少年用了足足五秒才想起藤蔓是自己找来的，而绑自己的时候更是格外麻烦。

已经记不清这是第几天了，反正每天千篇一律。

“不要怀疑，这是不勇敢的。”

然后是草原，那是一种和森林完全不同的孤独。在森林里你是黑暗中唯一的光点，你要闭住呼吸，成为森林的一部分。而在草原上，你甚至找不到自己的所在。放眼望去，世界就是你眼前的一片绿色。

但也是因为在草原上，他才能找到同伴。

这是一个旅行者，少年从她脸上看到了坚毅的表情。所谓坚毅就是没有一点儿笑容，少年见惯了这样的旅行者，他总是和他们擦肩而过，默契地匆匆离去。因为同类不仅意味着陪伴，也意味着被了如指掌的危险。

姑娘的脸上没有一丝笑容。后来少年在泉水边洗脸时，看见了一张有同样表情的脸。

这一次他们决定结伴而行，不是因为草原漫无边际，也不是因为需要有人说话，只是因为他们前进的方向相同。

仅此而已。

“不要去想，这是不勇敢的。”

于是旅行者变成了两个，他们的前方是一个又一个的沼泽、森林、草原甚至沙漠。别的旅行者看到少年和姑娘，远远地打个招呼就掉头而去，胆小者甚至匆忙躲进灌木丛。在这个世界里很少有人结伴而行，那意味着双倍的危险。而未知也让人望而却步，没有人愿意冒这个险。

“我究竟为什么选择了她。不，我为什么没有推开她？”少年这样想，“难道只是因为我们有一样的表情？”

少年回过头，发现篝火旁的姑娘也在看自己。慌忙地摇摇头，驱散脑中的胡思乱想。

“不要有牵挂，这是不勇敢的。”

又是一个在树杈上醒来的早晨，不同的是少年清楚地记得昨晚是如何入睡的。他真的厌倦了笨拙地自己把自己绑在树杈上，于是叫姑娘帮忙，姑娘只愣了一下就来到了他身边，纤细的手在他腰间划过。

他甚至记得后来的情景。姑娘也要入睡了，他二话不说解开刚刚绑好的藤蔓，爬到姑娘的树上帮她绑。也许是太冷，姑娘的身体微微颤抖，他绑了几次都没绑好。等终于成功了，他又爬回自己的树上，把自己绑好。

“晚安。”他说。

“晚安。”她说。

少年挣扎着扭过脖子去看姑娘的树。她不想让他看到自己睡觉的样子，所以选了一棵他背后的棕树。但现在她不在那里。

“不要伤心，那是不勇敢的。”他告诉自己。

每个人都有自己的旅程，她也在找自己的东西吧。

又回到了一个人，少年披荆斩棘，沿途的一切他都早已熟悉。所有危险都被避免，所有偶遇都被取消，他再没有做过任何一件错误的事。

这样很快，他就到了旅途的终点。

如传说所言，一个“恶魔”站在那里等他，少年知道，只要打败它就可以结束让他疲惫的一切。

他有打败别的旅行者得来的宝剑，他有日夜兼程锻炼出的体力，他有一颗坚硬到不怕失去任何东西的心，一个孤独的灵魂。

可是他还是败下阵来。

“只有真正勇敢的人才能征服我啊。”“恶魔”的声音听起来甚至有些感伤。

宝剑掉落在地上，少年跪在“恶魔”面前，石像般坚硬的表情开始慢慢崩塌。

他想起那个和自己日夜相伴的姑娘，在篝火前动容的凝视，树杈上微微颤抖的身体。她那时到底有没有哭泣？

不愿拥有是害怕失去，原来他从始至终都不是一个勇敢的人。

“承认自己的脆弱，这是勇敢的。”

他不害怕即将到来的死亡——不是因为他一无所有。他知道此刻现在他的眼泪只为一个人而流。

他静静地等着。

“恶魔”托起少年低垂的脑袋，这样少年就能看到她摘取面具后的笑容。那笑容真的和传说中的一样美丽，不敢靠近她的胆怯之人，却把她称为“恶魔”。

原来姑娘笑起来是那么好看。

她说：“我是你心中最柔软的地方，却也是你的勇气之源。”

少年心里牵挂的却是另一个问题的答案：“那么，你也找到自己真正想要的东西了吗？”

chapter

/

32

守夜人

那时候，世界上的人还简单到只分两种：日光人和夜光人。顾名思义，他们只能生活在自己的时空里。好像排队一般，日光人在前面，夜光人才能紧随其后。日光人喜欢太阳，凡事都要积极一些，而夜光人被月光的吐息吹乱了头发，显得有点忧伤。所以这个世界的每一天都以热情洋溢开始，在静谧的氛围中结束。这样的轮回反复进行着，队伍很快就排到了你面前。

有一个日光人，爱上了排在自己前面的夜光人。他每天最期待的就是看着她的背影，慢慢向前移动的背影。这当然是个比喻，日光人只有在和夜光人交接的时候才能见她两面——来的时候一面，走的时候一面，在此之间一天的时光悄悄溜走。日光人独自品尝着这份忧伤，他觉得这属于夜光人的情感是一份礼物。

礼物是一日不见，如隔三秋。

“为什么我们只有在他们之后才能出现，反之亦然。难道没有一种办法在一起吗？”日光人这样询问日光族中的智者。

“没办法，从古至今都是这样的啊。”一个人这样回答，日光人的问题打扰了他的午觉。

还有一个人沉吟了一下，望了望天上的太阳，想到了合适的比喻：“只有太阳才会产生黑子，就像只有月亮的残缺才能称为美好的月弯。如果我们不成为我们自己，该用什么去相爱呢？”

日光人还没有听完就慌忙打断道：“……不是相爱，她并没有……”“那无关紧要。”智者摸摸下巴，对自己的说法感到满意。

为了一个人尽皆知的理由，日光人无暇看风景，每天都走得很快。那时正好是冬天，所以冬天的白天要短一些。

然而等到春天，人们发现，夜晚和白天又变得一样长短，可是日光人明明加快了脚步——这样，日光人便知道夜光人也是想快点见到自己的。

他们赶啊赶，却总是匆匆一瞥，再错过彼此。

就这样过了很长时间，来到了夏天，即使日光人像夏天一样充满热情，也在此刻感到有些疲惫。他又开始怀疑夜光人的心意，疑心这一切是不是只是他自作多情，这么想的时候，他拿出那忧伤的礼物在手间抚摸。

他脸上的表情好像布满黑子的太阳。

然后，夜光人察觉了他的变化。一段时间后，夜光人也慢了下来，白天再次变得和夜晚一样漫长，好像什么都没有发生。

但其实追赶并没有停止，我说过，他们无法停下来。

在此期间，日光人有时会突然加快速度，然而夜光人毕竟是那么忧愁，以至于无法做出回应。而日光人……我们发现，太阳的黑子时多时少，好像和月亮也会有阴晴圆缺一般。

突然有一天，夜光人没有出现。日光人找遍了所有地方，都没有发现夜光人的踪迹。这一天 24 小时都是白日，如果你感受到了空气中的焦灼，那便是日光人的心情。他忘记了平时的顾虑，或者是焦急地放下了羞涩。日光人向路过的每个人提问："你好，你有没有看到一个忧伤的夜光人。是的，她是我爱人。"

就在日光人临近崩溃的时候，夜光人适时出现，她为自己的消失感到抱歉，并做出解释："不好意思，我生病了。"

仅此而已吗？

"而且……"夜光人笑起来，"而且我看你那么着急，干脆就将计就计……"

什么计？日光人愣了一下，但很快明白了。

他也笑起来。

月亮挡住了太阳，世界漆黑一片，黑夜进入了白日的生活，虽然仅仅只是短短一瞬。而不知情的人只把它叫作日食。

“其实是日光人和夜光人约会！”听故事的人抢着回答道。

“当然。”

“既然他们那么想到对方身边，为什么其中一个不早一点儿停下来呢？这样另一个人就能追上他了。”另一个人问道。

“他们不是没想到，而是害怕一旦自己先停下，就离对方更远。”

“可是最后还是一个人停下来，他们才在一起。”

“这说明爱情固然要靠主动争取，但有时候等待也会带来奇效……”

“咦，你说，日光人和夜光人像是排队一样前行。那日光人身后应该也有一个夜光人看着他才对啊，她呢？”提问者咄咄逼人，好像要让他把她交出来。

这个问题是讲故事的人始料未及的，他犹豫了一下，说道：“……问得很好。因为……在日光人眼里，他，和站在他前面的那个背影就是整个世界。所以他把别的夜光人都抛在脑后了……”

讲故事的人摸摸下巴，对自己的回答感到满意。

chapter
/
33

人生拼图

三年级二班的班主任玛丽小姐最近感到非常苦恼，因为自己班级里的小学生迈瑞和露西总是打闹个没完。

问题主要出在迈瑞身上，他坐在露西的后面，总是忍不住去拽露西扎了蝴蝶结的小辫子。这是一种他自己也不知道理由的迷恋。某一天，他一如既往地盯着露西的小脑袋看了很久，然后鬼使神差地伸出手去摸。“啪！”还没等迈瑞收回自己的手，露西就用一个耳光对他还以了颜色。站在讲台上的玛丽小姐目瞪口呆：“怎么了？我是说……发生了什么？”

露西突然大哭起来：“他欺负我。”

左脸通红的迈瑞站起来说：“对不起，我会对你负责的！”

女生总是比男生要早熟一些。迈瑞甚至无法理解“欺负”两个字的含义，他只知道自己摸了露西的辫子，而自己没有辫子让露西摸回来，所以他说出了另一个他无法理解的词——“负责”。

让玛丽小姐头痛的则是从这一天起打耳光的声音就不绝于耳，无论是下课还是上课都一样。玛丽不得不对比迈瑞高整整一个头的露西说道：“请你不要再欺负迈瑞同学了。”站在一旁的迈瑞满脸诧异，然后好像深受侮辱一般地喊道：“我可是个‘狠角色’，她打不过我！”

玛丽小姐揉着额头想，他们究竟从哪里学了这么多奇奇怪怪的单词。

好在有一天玛丽小姐想到了制止他们打闹的办法。她把迈瑞和露西叫到办公室，向他们展示散落在地上的拼图。“和我打个赌吧。在拼好这些拼图之前，你们都不许再打架，怎么样？”她说。

“我为什么要和你打赌？”露西心想。她对这种无缘无故的赌博一点儿兴趣都没有。但当她看到迈瑞热烈的目光时，瞬间明白了赌博的对象不是玛丽小姐而是面前的小男孩。“当然，来吧。我怎么可能输给他。”她说。

像所有女孩一样，露西既有一双巧手，也有缜密的心思。所以几乎轮不到迈瑞动手，拼图很快全部就由她一个人完成了，这时候才刚过了一星期。然而，她正准备向玛丽小姐宣布胜利，迈瑞却将拼图从她手中夺走，拆得四分五裂，向天上撒去。

他仍然不知道是为什么，“男人”做事前都不会知道理由。迈瑞把拼图弄得到处都是，他蹲下来捂住脑袋等着，然而预料中的拳打脚踢却没有到来。

他缓缓抬起头，看见露西正伤心地哭泣。

他手足无措地站在原地，赢了但一点儿也不感到开心。这时候他希望露西能打他几下。

从某一天开始，玛丽小姐发现课堂上安静了不少，迈瑞和露西不再打闹了。她露出一个微笑，觉得自己的第一步计划成功了。

迈瑞和露西下次见面已经是在大学中。长成大小伙的迈瑞在纤细弱小的露西面前却还是心惊胆战，她明明比自己矮一头，他的心跳却直线加速。两人故作镇定地聊起往事，迈瑞并没有说那时不懂事，露西也没有说自己太好胜。他们说了很多，却仍然是在寒暄。上课铃响的时候，迈瑞突然问道：“你还记得那个拼图吗？”

“当然记得。”露西说出了迈瑞最想听的答案。

从那之后他们总是“碰巧”在楼道里遇见，两个星期后，两个人顺理成章地坠入爱河。小时候被迈瑞偷偷捡起的拼图重新交到了露西手中。“你比我更擅长这个。”他说。但这次露西拉住了他正要抽回的左手：“这次应该由我们一起来拼。”

迈瑞不知道自己为何爱上露西，他想答案也许就藏在儿时要伸出而又缩回的手里。在短暂的激情消退之后，童年往事带来的甜蜜感也减弱了，但他对露西的爱却有增无减。而且他相信露西也有同样的想法，证据是两个人坐在一起一语不发也能感到快乐。他们几乎同时意识到了拼图的象征意味。

爱情就好像拼图。激情只是小小的一块，然后是甜蜜和苦涩，他们不断地为它添加新的片段，或是转换位置，用新的东西替代。他们在拼图里加入了勇气、信任、责任和爱心。但拼图一直都少了一块，怎么找都找不到。

“算了吧亲爱的，也许已经丢了。”已经成了迈瑞妻子的露西安慰道。

这时候爱情并不是他们唯一的主题，生活是一块更大的拼图。后来两个人又在其中不断地添加新的内容。事业、家庭、梦想，还有一些不可名状的东西，迈瑞和露西一人一块，有默契地一点点拼着。当然，爱情一直是其中最大的一块。

一次露西在开车上班的路上撞到了路边的栏杆，她一瘸一拐地走下车检查，然后打电话给迈瑞，两个人同时哈哈大笑。与“还活着”的喜悦相比，一点点损失和受伤都不那么让人担心了。

他们在生活的拼图里加入“还活着”。

鲁莽的迈瑞在公司里顶撞了老板，然后又在老板偷情时“不慎”撞破好事，他理所应当地被开除了。迈瑞灰头土脸地回到家中向露西报告，露西却捂着肚子大笑：“你做得对极了！我养你啊。”

露西强迫迈瑞在拼图里加入“男子气概”。

他们就这样不服输地拼着拼图。玛丽小姐并没有说错，这从一开始就是一场赌博，赌赌看谁能让彼此的人生更加多彩。

因为拼图缺了一块，他们就有理由永远拼下去。

许多年之后，在拼上“她去世”之后，这场赌博终于快走到了结尾。

一个平常的午后，中年丧偶的迈瑞拿出珍藏已久的拼图碎片交给年幼贪玩的儿子。

那块拼图他再熟悉不过。没错，那块露西一直找不到的拼图碎片，正是被他藏起来的。

“男人的小诀窍。”他微笑着说，“但我还是没能赢得了她。”

chapter / 34

卑鄙的我

有一个男孩，邻居和身边的每个人都厌恶他，因为他身体残缺，也因为他贫穷。某一天，一个姑娘在众人面前推着他的轮椅送他回家之后，那种厌恶愈演愈烈。

在男孩更小的时候，他一个人生活在空旷的房间里。父母早已不知去向，男孩对这种生活已经习惯，他常常对邻居家的小孩炫耀“无父无母，幸事一桩”，这直接导致邻居禁止自己的孩子和这个“野小孩”玩。男孩总是独来独往，好像满不在乎。但实际情况并不如此，随着年龄的增长，男孩越发感到孤独，他常常对着窗外的灯火祈祷，陪伴自己的人快点出现，然后一个人在祈祷声中入睡。

有一天，男孩在散步时从一辆马车下救下了邻居的小孩。飞驰的马车碾过男孩的脚踝，小孩在哭了几声后，就这样把他丢在马路中间。他晕了过去，醒来时躺在自己的房间里，一个姑娘坐在床头，端着他的手，放在自己的手心。

男孩从未问过姑娘为何照顾自己。他明白她会来仅仅是因为她想来，姑娘喜欢照顾人，而不是照顾某个人。男孩虽然永久地失去了走路的能力，但想到姑娘的到来，他觉得自己的祈祷起了作用，他不再孤独了。

随着行动能力失去的是谋生的手段。以前男孩还能做一些小买卖，讨一点儿百家饭，现在只能坐在借来的轮椅上晒太阳，或是仅仅看着窗外，好处是不用受邻居们的白眼，坏处是男孩再也不能假装不在家,来让自己听不见他们的闲话。姑娘每天早上出门，下午回家，带着滴着水的蔬菜瓜果。男孩不问它们是从哪儿来的，他害怕一问这些东西连同姑娘就会消失，好像传说故事中所讲的一样。

他们生活幸福。有一天，远方的邮差带来了一个消息，男孩素未谋面的爷爷死了——父亲死了，母亲死了，现在爷爷也死了。但这位老人无疑更加慷慨，他留给了男孩不菲的遗产，足够男孩用家具把空荡荡的房间填满几次。

男孩给姑娘置办了新衣服，为了避免裁剪裤子的尴尬，他没有为自己做。他知道这笔钱带给他的东西没有这么简单，身边人的态度改变了，不再有人把对他的厌恶挂在脸上。一次，他提议姑娘留在家里，不要出门工作，姑娘只是笑了一下。后来，他经常暗示姑娘多陪伴自己，姑娘仍以微笑报之，然后我行我素。

这一切宣告着男孩的越界，熟悉的孤独感再次笼罩他。他想要为姑娘做更多。

转机很快出现了，一天，男孩像往常一样静坐在家里等姑娘回来，一个黑袍人出现在他的家中。男孩一开始以为是女孩的恶作剧，但借着窗户里照进的光他看见了斗篷下的下巴，下巴有青痕，看得出主人出门前认真地刮了胡子。

“我能给你什么？”男孩问。

黑袍人嘴角拉扯了一下，但很快恢复了平静。

“我要你的钱，所有。”黑袍人说。

不等男孩回答，他一挥手，房间里的家具都消失了。

男孩正为无法和姑娘亲近而苦恼，他说：“谢谢你没有拿走我的轮椅。”这让黑袍人感到有趣。“别急。”他说，“我当然会给你些什么。就像我上次拿走你的东西，再给你一点儿别的，人类的公平。”

“我只想让她开心。”男孩说。

黑袍人像是看透了他的心思。他向前走了一步，用手抚摸男孩萎缩的腿。那种感觉很奇怪，好像腿伸进了滚烫的水，但是很快，又像是放进了冰块中。男孩觉得有点冷，需要运动一下，于是抖了抖腿，站了起来。

黑袍人消失不见，就像从来没出现过，当然，带走了他所有的钱。

这一天，姑娘回家后，男孩可以给她一个标准的拥抱。这是一份男孩送给姑娘的礼物——他自己。男孩把姑娘高高抱起，她在笑，但有些不知所措。他们都需要时间来适应新的生活。

第二天，姑娘照常出门。

男孩在家中等待，后来他意识到自己已经能够行走，于是出门寻找姑娘。人们一夜间都已知道他突然失去了所有财富，对他投来蔑视的目光。不管他现在走得多矫健，他们仍然厌恶他，因为他穷。

男孩没有找到姑娘，他知道她永远都不会回来。

他再一次一贫如洗，唯一的不同是他能跑，于是他离开了这里。

后来，在别的地方，男孩给每一个愿意陪伴他的女孩讲这个故事。有的女孩说他只是讲讲故事，有的女孩抱着他说“好了好了，姐姐疼你”，有的女孩说他的离开暗示着他脱离童贞，到后来，连他自己都不明不白。但随着一遍遍的叙述，姑娘离开的原意却在往事中越发清晰，在一次晚饭后，姑娘说：“我喜欢你，因为你不会逃。”

在故事的结尾，男孩总会挽起裤腿，露出脚踝的疤痕。

所有人都会笑，但从没人信。

chapter

/

35

讲故事的人之一

没有人知道他是从哪里来的。在一个只有猫头鹰和蝙蝠还醒着的深夜里，他敲开我家房门，点了点头说：“你好，能不能借我一口水？”

讲故事的人，就这样闯进了我们的生活。

我时常想，如果那天我拒绝了他的请求，动物王国现在是否会是另一个样子。但我无从拒绝，他说的是“借”，而不是“给”，当一个人向你借某样东西的时候，出于对后续情节的渴求，你是无法拒绝的。

况且他很快就还给了我们更多。

那天晚上，他喝干了我存在水缸中的所有水——

作为一只水獭，蓄水是我的小小癖好——然后抬头望着天空。“明天可能要下雨，”他瞥了我一眼，接着说，“注意蓄水。”

我当然会蓄水。

我竟一点儿没有怀疑他所说的话，我对别人有一种显而易见的轻信，我觉得他是察觉了这一点才让我蓄水的。但他的话还是让我深感冒犯，就好像你本准备伸出手，却有人从旁指挥：“这时候伸手是对的。”这种感觉真是糟透了。所以我没有留他过夜，而是任由他走进漆黑的夜里。我“啪”地关上房门，对自己的不礼貌感到既吃惊又不安。

第二天，被预告的大雨果然降临了整个动物王国。

我坐在屋檐下看雨，一点儿也不想接哪怕一滴雨水。关于讲故事的人的消息却像雨滴声一样传进我耳朵里，避都避不开。

“像法师一样神奇！”

“像天神一样聪明！”

“他借了我们很多东西！”

“但他还得更多！”

“他讲的都是真的！”

他是一个很会讲故事的人。每天傍晚，动物王国的动物们都聚在他面前听他讲故事。为了让他的话更清晰有力，大家一致认为他应该站得更高一些。他们聚集的地方正好在我家对面的广场上，一到夜里，他的声音，以及星星点点的灯光就闯进我的家门。

“从前”“国王”“王子救了公主”“他们幸福地生活在一起”。

我关紧门窗，捂住耳朵，还是无法阻挡欢声笑语，这时候我真恨自己的手又短又粗。

“有什么了不起的，你这个十足的入侵者。”我说。

你知道，我是只骄傲的水獭。

然而很快，连一开始答应我不去搭理他的水獭，也跑去听他的故事。一只和我很要好的公水獭（我本来想和他结婚的）听完后回来告诉我：“那听起来可真像真的。”我一声不吭，在心里把他从我的朋友名单中踢了出去。

这样再过了一些时候，我的朋友名单就空空如也了。

我想起以前的时候，动物们在广场上玩扮演游戏，他们白色的身躯在阳光下闪着光。而我像往常一样坐在广场边看着他们玩。很快，温顺的狮子就会来邀请我。他伸出面团一样的爪子想拉我起来：“嗨，干吗不一起玩呢？”我就站起来，和他们一起玩。我从不会拒绝来自朋友的邀请。

我没有故事。现在我也没有朋友了。

我终于决定主动出击，把讲故事的人从他的宝座上赶下来。趁着夜色我顺着下水道游到了动物聚集的广场，搭起一个小堤坝，正好在他背后。我每天都去，他没有发现我。一段时日后，我发现了他的秘密。

他从来不讲身边的故事。他讲的永远是“遥远的地方”和

“从前”。

我不知道这意味着什么，但一定有什么原因。

终于，在一天晚上，他正要把一个有关恐龙的故事推向最高潮，他讲到恐龙有无比尖利的指爪，可以撕裂眼前的一切，就在这时另一只更大的恐龙却出现在他面前。台下的动物都屏住了呼吸，而他故作老成地停顿。我抓住机会，从水渠中一跃而起（我的小腿几乎抽筋），用爪子指着他的脸庞宣布道：“他的故事肯定都是听来的！他从来没有亲眼看到过！”

几乎所有的动物都露出不耐烦的表情，他们的目光让站在灯光下的我手足无措。我试图用爪子遮住自己的脸，但还是感到非常绝望。正在这时，机灵的猴子问道：“那么，为什么不讲一个动物王国的故事呢？”台下响起窃窃私语，我趁着这个机会赶紧溜回了我的下水道。

“讲一个，讲一个！”这是我离开前听到的最后的声音。

我再没有去过广场，我羞于见人，我的每一次行动都只不过是让他变得更受欢迎而已。所以我宁愿什么也不做。后来的事情我是从缤纷而至的闲言碎语中听到的。

要求他讲一个以自己为主角故事的猴子，在回家的路上发现自己变得更加灵活和有力。结合晚上听到的故事，他很快明白自己已经变成了“故事主角”。

讲故事的人，他只会讲真实的故事。他讲出的事情都是已经发生，曾经发生，或者必将发生的。

他有让一切实现的能力。

狡猾的猴子没有公布这一切，而是每晚更积极地要求他讲关于自己的故事。

猴子的近亲狒狒首先发现了问题，他知道自己没有足以战胜猴子的机灵头脑，于是决定把这个秘密公之于众。

甚至没有浪费一点儿时间追究猴子的背叛，所有的动物都开始要求讲故事的人给自己更多。

狮子要了金色的毛发和威严的气质。

老虎要了森林之王的地位。

孔雀要了女王般的美丽。

豹子要了骑士般的敏捷。

兔子要了公主般的温顺。

猴子已经有了阴谋家的头脑。

而我躲在自己的水缸里，什么都没有得到。

好像每个人都生活得非常富足，可是他们还想要更多。讲故事的人不得不每晚讲好几个故事，才能让台下的听众心满意足地离开。然而不管他再怎么努力，总有几只动物皱着眉头。

这时的我已经不再关心他在动物王国中的地位，你知道，我是个彻头彻尾的失败者。如果他想成为我们的一分子，那么就让他那样做吧。我怎么能仅仅因为他没有留在我家过夜就怒火中烧呢？

这样一想，我的心里就平和了许多，我只想每天坐在屋檐下等雨，就像其他水獭做的那样。

我的生活恢复了正常。动物们常常来看我——唯一没有故事的白色水獭，不知是出于炫耀还是缅怀，或者两者兼有。曾经和我要好的水獭来的次数最多，他狂热地向我展示他的黑色皮毛，试图告诉我和他决裂是多么愚蠢的决定。有时也有别的“朋友”来，我一笑置之。心情好时我也不介意和他们打声招呼。

后来他们厌倦了这种拜访，只是三三两两地来，向我忏悔自己的罪行或是说别的动物的坏话。有时一只动物前脚刚走，另一只又来，他们在房门前相视一笑。有一次狮子和老虎一起来，坐在长桌的两端，我递给狮子一杯水，他没有伸手接，老虎在另一边喘着粗气。兔子也来过，一个人，我记得很清楚，因为那是我见她的最后一面。

有一天晚上豹子吃掉了兔子，他太敏捷，兔子甚至没有明白发生了什么；孔雀的羽毛全吓掉了；狮子和老虎打了一架——赌上王者的尊严，可怕的吼叫声充斥着整个森林，像水波一样在每个角落激起。猴子早早地躲到了树上，却还是止不住提心吊胆。

我们水獭也集体搬进了水渠里的堤坝。其他动物在我们的头顶上没完没了地追逐，我不知道该怎么办。

杀戮和被杀戮随时随地都在进行着，眼看动物王国就要毁灭了，狮子和老虎终于达成了停战协议。他们一起去找讲故事的人，然后把动物们再一次聚集在了广场上。所有动物都去了，他们相信他是唯一能还给动物们安宁的人，他不会背弃我们。

我没有跟别的水獭在一起，我躲在他背后的小堤坝中。

那一次，讲故事的人讲了一天一夜，他给每个动物都讲了一个故事，给他们自己的领地：让狮子称霸草原，让老虎待在森林里，孔雀和兔子都被赋予了自保的能力。他小心地叙述，尽量不夺走已经赋予动物的能力，甚至还给了那个贫穷的水獭一个故事：她不可救药地爱上了人类。可是台下的动物们仍然沉默地看向他。

讲故事的人只愣了一秒，就明白了他们的意思。

我看不见他的表情，他忧伤的声音传到我耳中：

“他们从此过上了幸福安定的生活，而讲故事的人再也没有出现过。”

chapter / 36

对手机过敏的女人

她抬起头的时候，正好和他四目相对。这种情况很少发生，她坐了许多年地铁，也只有屈指可数的几次。她满怀期待地想从对方的眼中读取什么，但他站起身来，看了一眼提示到站的电子板，然后抚开西装袖口，露出反光的手表。

原来他只是快到站了而已。

她并未对此感到太多尴尬，毕竟在仅有的那几次“交涉”中，这样的情况占了多数。地铁到站，她站起身，走向另一节车厢，尽管那里和这里一样，所有乘客都低着头，手机荧光屏在他们手间闪闪发光。

她第一次发现自己对手机过敏是在三年前，或许是因为一次车祸，或者是因为一次不亚于车祸的情感危机，某天早上醒来，她将放在枕边的手机扔进了医院的垃圾桶。最近的记忆是她开着车，手机突然亮起，一个男人的头像，闪烁的荧幕和铃声催促她快点接起电话，就在这时一辆小轿车突兀地从路口蹿出来……后来的事，她只知道她躺在医院的半个月里，没有一个人来探望过她。

她有足够的理由讨厌手机，从心理学角度讲，人有趋利避害的本能。但有时她觉得自己不过是生活在另一个世界里——与热爱手机的人们不同频道，互不干扰，也无法接收到来自对方的信息。这样的想法在地铁上时最易出现，她总是看着对面的座椅和座椅上的人发呆，或者看向窗外，有时有人挡住视线，她就看着他们的脊背，看他们衬衫上的褶皱，想象他们回到家，打开房门，他们的女人接过衬衫，把褶皱一个个抚平。

而在地铁上，他们无一例外地看着手机，眼神专注。有时有人会发现她在看自己，于是报以微笑，但她还来不及回应，对方的眼睛就已移开。

这三年里她的症状还算稳定，只要不触碰手机，不直视手机荧屏就不会感到难受，这使得她至少还能在乘地铁时有个好心情，若不是如此，真不知道该怎么办。有时她为了躲避闪光的东西低下头，看地铁地板上印着的细小亮片，如同星星一般，这种程度的闪亮并不讨厌。很奇怪，很难想象除自己之外谁会注意地铁地板上的星星。

而她更喜欢看人眼睛里的星星。

她在城市的另一头上班，车祸让她的记忆轻微受损，但并无大碍，以前的公司宽容地接受了她。工资不高，但比起以前，一个人的生活明显更加宽裕，唯一的缺点是要坐很长时间的地铁。

有一次，坐在她对面的一个男人和她目光相对，她已经不会轻易感到欣喜，她在心里默数，十秒过去，男人没有掏出手机，二十秒，他没有看表，三十秒，没有站起来，他在看向这边。

地铁开进地下，车厢连接处轰隆隆地响动，所有人都低着头，坐在对面的男人一直看着她。过了三站，男人站起来下车了，她深呼出一口气。

从那之后她时不时就在那几站路碰见那个男人，有时他没座，就站着看她。她没座时他则会为她让座。她不禁揣测起他的用心，但并未深究，也许他只是手机坏了，也许他也和她一样喜欢看人眼睛里的星星，常年的谨慎让她不愿多管闲事。

何况这种对视让人心安，她从对方眼中读取了足够多的信息：他们生活在一个频道里。

而就在这时她的症状加重了。一开始看见别人拿着手机就心浮气躁，然后变成听见声音就感到难受，她不明白自己的身体何以变得更加讨厌手机，也许只是讨厌往事，或者趋利避害。终于，两周之后，只要有人在她身边使用手机她就会感到呼吸急促。

“是信号。”她对医生解释，“手机信号也会让我难受。”

地铁不能再坐了，甚至连工作也只好放弃。

她每天躲在家中，趁夜色降临，街道上的人影稀疏，才敢到附近的超市里买一些食物和必要的生活用品。仅仅这样的事对她来说也很难做到。

有一次她买了水果——据说水果可以抗辐射，她并没有放弃自己。付款的时间对她来说有点难熬，她能感受到空气中飘来荡去的手机信号，连接着一个又一个人，她急匆匆地付了款，冲出门外。慌忙间她走错了路，越来越繁华的夜景和嘈杂的声音让她越发难受，就在这时她看见了那个男人，他站在路灯下，像是在等人。

正是地铁上和她对视的男人。

她想要若无其事地移开目光，但对方竟然开口说话。

“我知道你的事。”他说，“我知道你不喜欢手机。我也不喜欢，当然我们程度不同，我是说……”

“我能带你去一个没有手机信号的地方，绝对干净的地方，那里的人和咱们一样。”

“我们能生活得很好，没有电、没有手机、没有信号、没有乱七八糟的往事。你愿意吗？”

她愣了一会儿，呼吸越来越急促。

“我愿意。”她回答。

“我明天找你，相信我，我会找到你。”男人说。

她走进夜色中，加快脚步，路过一个个草丛和灌木，往信号稀疏的地方走，居然很快到家。邻居家灯火通明，电视机的声音响个不停，她躲在自己的被窝里瑟瑟发抖。

他不会找到她。

他们没有对方的电话号码。

她该怎么找到他？在这扇门外面，无处不在的手机信号会让她痛苦万分，只有站在他身边的时候才能好些。是啊，只要他靠近，她一定会有感觉。

就像沙漠之中突然出现的清凉。

她意识到这是自己最后的机会，她当然不会轻易放弃。

第二天早上，超市的人们都看见了一个奇怪的女人，她裹着厚厚的外衣，立在超市门口。这一天是周六特卖日，人潮涌动，超市的喇叭用最大功率播放着商品信息，她好像一叶扁舟，摇摇摆摆，时不时有人碰到她。

“抱歉。”人们说道，然后急匆匆地从她身边走过。

很少有人注意到，她肩膀颤抖，却面带微笑。

chapter
/
37

故事，爱和冒险

1. 忠诚的骑士

从前有一个骑士，对自己的国王忠心耿耿，自对他宣誓效忠以来，就再也没离开过王国半步。骑士穿着银白色的盔甲，伫立在王宫外，既是在守卫，也是等候国王随时可能到来的召见。所有人都看得出他的忠心。国王允许骑士自由出入王宫的每个房间，但他从未唐突。

这里是“没故事王国”。这里的人们安分守己，沉默寡言。为了避免冲突，“没故事王国”很少与外国接触——与其说是国王制定的法律，不如说是大家的默契。对“没故事王国”的大多数人来说，自己的邻居不比外国更近。

有一天，骑士照常伫立在王宫门口。他如同一尊雕像，从没人看见他脱下过盔甲,他和他银白色的盔甲早已成了“没故事王国”的一道风景。今天，不出意外的话，他也会一直站到深夜，像每个过去的昨天一样。广场上的鸽子扑扇翅膀，偶尔会落在他冷冰冰的肩甲上，太阳好的时候，白鸽就自带柔光，他在盔甲下感到自由自在。这一切都美极了，却从来没有人告诉过他。来往的行人只会向他投来一个目光，意思是“你好”，这是“没故事王国”通用的问候方式。

这一天，正在骑士焦躁地转动眼珠的时候，国王驾崩了。几分钟之前，骑士闭上眼，因为太阳在云朵后面忽明忽暗，晃得他眼睛疼。他的左肩隐隐发痒，他小心翼翼地在盔甲下摩擦肩膀，奇痒却没有减弱,反而弄得身上黏糊糊的。今天的广场上没有鸽子，只有乌鸦。乌鸦咯咯吱吱地叫，骑士睁开眼睛的时候，正看见通报员一脸惊惧地向自己跑来。

所以说，对国王的驾崩，骑士早有预感。

得知这一噩耗，骑士并没有感到多么悲痛，他对国王的个人情感很淡。国王之后有王子，王子会成为新的国王，而他对新国王的忠诚将和以前一样，“没故事王国”到了明天就会一切如常。在骑士向王宫内走去的时候，他甚至感到一阵轻松，因为左肩的奇痒消失了。

国王的葬礼举行得很平淡。他正值壮年，却意外地提前退场了，如同在演出中途溜走的主角一样，并不十分值得尊敬。葬礼过后，人们迫不及待地想涌向王子，却发现王子不知所终，人们面面相觑，这种事情，之前从来没有发生过。因为每个人都有自己的使命，王子的使命是成为国王，理当如此。

意外驾崩的国王和失踪的王子让整个国家迷雾重重，而“没故事王国”的国民最不擅长的就是解谜。只有骑士知道王子的去向。几天前，王子趁着夜色找到他，告诉他自己要离开这里。

“我要去寻找幸福。”王子说，“幸福你懂不？”

王子用了某种不知从哪儿学来的方言，骑士一点儿没听懂。他知道王子从小就爱躲在皇家图书馆里看书，他说的话一定很有道理，所以他在头盔下眨巴了一下眼睛示意明白。

“外面的一切，都能统称为爱，我要去寻找的是爱。”这次王子用了这里的语言。

“但我们认为，那都是可怕和无益的。”骑士说。

“谁是我们？你从哪里学来的聪明话。”

“国王……国王讲的。”骑士有点紧张。

“总之我要走了，等我找到答案就会回来，到时我们比比看。”不等骑士说完王子就结束了谈话。

他离开的背影好像信心满满。

“没故事王国”没了旧国王和新国王，人们陷入了由“不适应”带来的焦虑之中。骑士忍不住向大家坦言，自己知道王子的去向，却总在别人问起王子去干什么了时不知如何作答。

关于国王是怎么死的，王子为什么走掉，骑士能够自由进出王宫为什么却没发现国王的反常，种种问题，“没故事王国”的国民都懒得深究。很快他们就讨论出了最自然的解决方式，让骑士代替王子成为新国王。他们知道，出于对国王的忠诚，骑士无法拒绝。

在某一天午后，在骑士脱掉了长年附着于身的银色盔甲，露出本来面容。人们惊喜地发现，他的年龄正好与王子相仿，做新国王再适合不过了，一切都很完美。没人注意骑士脸上的尴尬，那表情像是一只被猛然撑开贝壳的蚌。

就这样，忠诚的骑士成为了“没故事王国”的新国王。他一直在等待着王子归来，想问问王子临走时所说的“比比看”究竟意味着什么。而在此后的日子里，他渐渐明白，自己对旧国王和“没故事王国”的忠诚，其实是对某种生活方式的忠诚，换言之，是对自己忠诚。他认为自己做了正确的事。

由于王国是“借”来的，骑士一直尽心尽力，把王国治理得很好。不久，他生了一个美丽的女儿，她会成为公主，将“没故事王国”延续下去，直到王子回到这里。

想起王子的离去，骑士觉得，他不过是想让故事开始。

2. 倔强的公主

从前有一位公主，美丽异常，却又生性倔强。如此一来，追求者虽然数不胜数，但他们中没有一位是公主中意的。国王自然为爱女的幸福着急，但也无可奈何，因为他知道她是一位真正倔强的公主。

“亲爱的女儿，你该有一个幸福的归宿。”国王在餐桌前叹息。

“亲爱的父王，归宿不是我想要的，即使它以幸福之名到来。”聪颖的公主回答。

“尊敬的公主，您看那小孩多么可爱，虽然仍不及您幼时千分之一。但已经足够了，您难道不想要一个活泼的小孩，也让我能再见到那只属于孩子的美丽笑容吗？”公主的乳母在一旁委婉地进言，女仆点了点头。

“慈爱的乳母，恕我直言，只有软弱的人才会寄希望于用子女延长自己的青春。”开朗的公主回答。

太阳刚落山，王宫里的人不知再如何作答，于是纷纷离席。

公主知道自己的娇蛮使父亲伤心，上前一步拉住父亲的手说：“普通新娘都应该有一件像样的婚纱，何况我是一国之主的女儿。我要全国最好的婚纱，穿着这样的婚纱嫁人。”

国王说：“那有何难，你想要什么样的裁缝，什么样的纺线，尽管告诉我。”

公主知道任何事都难不倒国王，于是说：“我要一种昆虫肠道做成的纺线，至于裁缝，我要亲自纺织。”

当时的女子都善女工，连公主也不例外。国王认为公主回心转意，真心想要出嫁了，因此感到很高兴。国王准许了公主的要求，同时也派乳母陪伴她纺织，以防公主偷懒或使诈。

第二天清晨，公主带着水桶和竹篮到池塘旁收集材料，乳母在后面跟着她。乳母看见公主果真在收集纺线，昆虫的肠道已经放满竹篮，便高兴地回去向国王报信。

公主将收集好的纺线带回闺房，一刻都没有休息就开始纺织。很快一顶面纱就要完成，这时候时近傍晚，乳母再一次向国王报信，然后他们第二次坐在餐桌前共同用餐。无论何时都一起进餐是王宫里不容破坏的规矩。

餐后，国王提出想要观看一下公主纺织的结果，公主欣然同意，国王再次为公主突然开窍感到高兴，简直要歌唱起来。然而公主闺房里的景象却使他大惊失色。

纺织机空空如也，连竹篮里的材料也消失不见了。

“亲爱的父王，上天做证，我辛苦了一天，现在却什么都没有。难道是上天不想让我成亲吗？”聪明的公主笑道。

“可爱的女儿，一定是风吹走了你的婚纱，或是好事的仙女觊觎你的手艺。不过这都无大碍，明天你再重新织来，我一定派最勇猛的士兵守卫你的成果。”

第二日，国王再不许乳母离开公主一步，同时派十名士兵守护公主的闺房。

在晚餐之后，国王再次来到纺织机前，依旧空空如也。

“难道真的是上天不让我的女儿寻到幸福，不让我的王国有所继承吗？”国王失望地坐在纺织机前，“那么，就让我来砸碎这一切。”说完流起泪来。

站在一旁的公主赶忙制止父亲。她虽然倔强，却是一位真正好心的姑娘，于是仅仅只犹豫半刻，她就在自己的幸福和父亲的期望间做出了选择，她决定说出真相。

“我所用的材料是蜉蝣的肠道。蜉蝣朝生暮死，早上采来，到了晚上就连尸体也消失不见。”

知道真相的国王一点儿也高兴不起来。他现在清楚地知道了女儿不愿潦草嫁人的决心，也感受到了女儿的善良，就更不愿强迫女儿做出选择。他说道：“我只是希望自己的国家千秋万代，传承下去，却故意忽略自己女儿的意志，这是多么地可笑。人生正如蜉蝣般短暂，朝生而暮死，你应该有你自己的选择。”

公主衷心地祝福了自己的父亲，带着对他的尊重与爱出门寻找自己的幸福。她早就想要出门远行，但碍于血缘的束缚一直未能成行，现在终于自由自在了。

公主盘起长发，穿上了平民的衣服，向另一个城市进发。沿途道路泥泞，危险重重，公主干脆女扮男装，和一群佣兵结伴而行。

他们连夜赶路，公主细致的脸庞泛起了水肿，娇嫩的脚趾也磨破了皮，起了水泡。但因为这是公主自己选择的，她并不觉得辛苦。

很快他们来到了一座城市，这就是佣兵的目的地。传说这里的国王因少年时在一次出游中拒绝了一名女巫的婚约而受到了诅咒。可是女巫对国王毕竟余情未了，再加上国王造福于民，为人贤德，多年之后，女巫决定让国王的儿子代为受过，便在夜间潜入王宫带走了王子。然而这实在比自己受到诅咒更让国王心痛。

国王对女巫怀有愧疚，不愿派遣自己的士兵来加深这种错误，因此他号召佣兵们去救他的儿子。救回王子的人，升官加爵，赏赐黄金白银。失败的人，一律处斩，因为他使国王的忧愁又增加了一层。

女巫住在深山的城堡中，这是人尽皆知的。

公主所在的佣兵团是一群粗鲁的庄稼汉，只有领头的会使几招长枪，不过，他们和所有佣兵一样，相信运气站在自己这边，便在酒馆买了一张地图，向着升官发财的梦想进发。公主对王子感到好奇，也跟着他们。

通向城堡的道路没有想象中难走，既没有毒蛇猛兽，也没有杂草泥潭。在他们面前的是一条蜿蜒的土路，好像被无数的人踏过了。偶尔有一两只小型野兽出现，看到他们的队伍就躲得远远的。

这样，照着地图的描述走，他们很快就能看见城堡的影子。

王子在窗前唉声叹气，他被女巫施展了“对任何事情都提不起兴趣”的魔法。自从被女巫带到这里已经五年了，他甚至没搞清楚父亲和女巫的恩怨为何要把自己牵扯进来。当然他也不知道自己的生母是谁，对这件事他更提不起兴趣。此刻，他看着城堡前又来了一队佣兵，不禁为自己的命运感到悲伤，简直想要一死了之。

女巫早就从水晶球中发现了佣兵的行迹，并不慌张，早早地在城堡外等待。

“那个女人一定是可怕的女巫吧。但她看起来并不像厉害的人物，倒像是被爱情和时间摧残的老女人。”领头的佣兵说。

“我们一鼓作气杀死她吧。”一个佣兵说。

“之前的人从没有成功过，她一定有强大的法力。但她毕竟是老人了，我们先不忙战斗，试着与她交涉一番。”另一个头脑灵活的佣兵说，他的说法得到了其他人一致的赞同。公主因为女扮男装不便说话，躲在队伍最后。

佣兵们派出头脑灵活的人做代表，上前和女巫说话：“好心的女巫，您的城堡雄伟壮观，连国王的城堡都不能匹敌。”

女巫喜欢听到国王的消息，就让他继续讲下去。

“善良的女巫，愿您青春永驻。我们从这里路过，想要休息一会儿。”

女巫虽知自己年老，但仍然愿意听人夸赞自己的容貌，就让他继续讲下去。

“伟大的女巫，听闻你的城堡中住着一位王子，能否让我们一见。”

这时女巫已厌倦了他的油嘴滑舌，手指一抬，念出一句咒语，他就应声倒地。

大家见女巫施展魔法，都非常恐惧，不过金钱的诱惑毕竟太大，他们抓紧武器冲了上去。短暂的几秒时间，佣兵们被打倒在地。

“给你们最后一次机会，如果你们能让王子露出笑容，就让你们带他回去。”女巫说道，“否则的话，就像他一样。”女巫向身边一个佣兵念咒，佣兵变成了一只豺狼。

这样一来，所有人都知道路上遇到的野兽是从何而来了。

以前要过杂技的佣兵单脚起跳，做出三个空翻，再单脚落地。

王子说：“唉。”佣兵被变成了一只猴子。

只会种庄稼的佣兵模仿耕田的动作，又抬头看天，擦拭额头上的汗水，希望能唤醒王子的同情心。

但王子说：“唉。”庄稼汉被变成了一头耕牛。

两个兄弟互相扭打起来，做出夸张的搏斗动作。

王子还未说话，女巫说：“太吵了。”把他们变成了两只乌鸦。

很快，剩下佣兵团的首领。他看到之前的佣兵变成鸟兽，本已非常愤怒，此时提起长枪，再次向女巫冲去。

“没有用的，除了国王，没有男人能打败我。”女巫说。

他的垂死挣扎让王子感到可笑，脸上泛起一丝笑意，不过很快他又感慨起生命的脆弱，不禁说道：“唉。”佣兵首领就被变成了一只豹子。

野兽四散逃开，只剩下公主一个人站在城堡前。女巫陷入沉思，因为她不知道还有什么动物好变。

聪明的公主说：“我有办法让王子欢笑，但需要借您的浴室一用。”

“当然。”

公主在女巫浴室中洗去风尘，换上干净的衣物。

等站在王子面前时，她的面色红润，连女巫都羡慕不已。她摘掉头上的帽子，金色的长发披散下来，这样王子就知道她是一名女子。她脱去厚重的外套，露出女子的妙曼身材，这样王子就知道自己遇到了真正的公主。

然后她跳起舞来，不知不觉间，久违的笑容爬上了王子的脸庞。

女巫知道虽然没有男人能打败她，一名真正的公主却足以让她失败。她感到非常难过，却不愿承认失败，正准备施展魔法，一把长剑从后面架在了她的脖颈上，执剑者正是微笑的王子。

多年的疲惫涌上心头，女巫哀叹道：“没有男人能打败我，打败我的却是女子的爱情。除国王之外没有别的男人能杀死我，奈何杀死我的男人却有一张国王的脸庞。”说完，女巫被王子斩杀了。

就这样，公主不仅带回了王子，还带回了王子的新娘——她自己。国王热情地欢迎了他们，准备为他们进行一场史无前例的盛大婚礼。

王子对自己的生活感到满意，尽管他其实什么都没有做。

所有人都以为故事就该在这里结尾，唯独公主除外。新婚前夜，王子打开公主的房门 ——空空如也，当然。王子脸上泛起一个苦涩的微笑，他说：“唉。”

聪明的公主留下字条：我只是喜欢救回一个王子，但并不想要嫁给王子。我的幸福要自己夺取，而不是唉声叹气地等待获救。

就这样，倔强的公主再次逃走了。在别处的生活里，她营救一位又一位王子，又逐一发现自己对他们并不感兴趣。她的一生都在寻找的路上，寻找自己究竟想要些什么，在此期间父亲的王国灭亡了，不会微笑的王子和宫女私奔了，新的为爱情所困的女巫在王国里时有出现。

而公主还在四处奔走，直到甜美的死亡将她带走。

3. 执着的王子

从前有一个王子，不知自己身处何处，常常惘然若失。他的领土宽广，即使骑马七天七夜，也跑不出自己的牧场。王子折返而回，并不是害怕迷失方向——无边无际的平原，不存在迷失，更不存在方向，他只是担心家中的宠物感到寂寞。

王子住在一座庞大的城堡里。城堡里似乎只有他一个人，却有数不清的房间。有的房间里装饰着鹿角，有的却像爱斯基摩人的营地。幸好每个房间都有足够的食物和篝火，有时还有不同的小动物。王子从一个房间，游荡到另一个房间，在任意房间里度过或长或短的时间。有时候，他也会停下脚步，望着雕花窗外散不掉的薄雾。忧愁像水滴一样附着在他心上。

在他的记忆里，一直有一个姑娘的身影时隐时现。她是一位真正的公主，像梦一样美好而纯洁。王子知道，只要找到她，他就能清楚自己是谁。王子即刻启程。他身披银色盔甲，头戴有彩色羽毛的头盔，背双手大剑一柄，配银质匕首一把，香料别在腰间。王子左手怀抱猫咪，出发——征途是下一个未知的房间。

有一次，他遇到一个女孩。

这是一个小姑娘。她蜷缩在床下，用枕头捂住脑袋。但枕头太小，捂住左边耳朵，又露出右边。一只黑色的怪鸟站在床前，这就是她恐惧的根源。王子拔出匕首，俯身向前。女孩露出的眼睛瞄到了这一幕，她尖叫起来。怪鸟扇动翅膀，王子被打飞出去，重重地撞在墙上。

盔甲和大剑起了很好的缓冲作用，短暂的晕眩之后，王子站立起来。他放下手中的猫咪，从背后拔出大剑，跳跃起来，这一次他成功了。怪鸟被劈成两半，然后化成灰烬。

“谢谢你啊。如果不是你，我真不知道应该怎么办。”女孩说。

王子没有掀起头盔。他沉默地擦净女孩的眼泪，又把猫咪递给她，以防她再次哭泣。他在房间里走动，铁片的摩擦声是房间里唯一的声音。然后他点起篝火，这个房间变成了一个明亮的房间。

“我该走了。”王子说。他是一位真正的王子。

“好的，再见。”女孩说话的时候视线还没有离开猫咪。女孩都是很容易忘记的生物。

王子来到下一个房间，这像是个酒馆。几个男人围着一张桌子推杯换盏，他们大声地说话，显得有些刻意，好像害怕不这样就会消失一样。王子注意到一个独眼男人不断地为别人敬酒，自己却只顾流泪。别的男人身上则伤痕累累，有的断了胳膊，有的失去了一只小腿。一个男人坐在角落，脖子上有一道深红的血痕。

这是一群雇用兵，也许是死掉的。王子悄悄拉上门出去。一个男人一定不愿意在自己哭泣和缅怀的时候被外人看到。

下一个房间则索然无味。一群贵族一样的男女举行着一场舞会，王子不耐烦地绕场一圈。有女子邀请他跳舞，他当然知道那不是他寻找的公主,于是婉言谢绝。尽管他也非常擅长跳舞和豪饮。贵族们邀请他留下，而王子执意要走，走时唯一带走的东西是一瓶威士忌。

他的旅途并不总是如此顺利。他曾经独战一只十米高的恶龙，也击败过独眼巨人。值得一说的是，巨人的战斗力一点儿不比恶龙差。他躲过了三个女妖的诱惑，从五个巫婆的房间里逃走，拒绝了十个女人的求婚（“那可比恶龙和巨人更加难以对付。”王子说），又斩杀了数不清的僵尸。他的盔甲和武器仍然光洁得像一面镜子。

但仍然没有公主的踪迹，这使他焦躁不安。

他见过各种各样的人，而且有越来越多的趋势，这些人都沉迷着某件事情而不自知，在城堡里自顾自地游走。一次，他来不及阻止一个男人坠河。过了几天,他又再次看到这个男人站在河边。这使他终于明白，这也许是一场梦。人们不自知是因为……谁能够在做梦的时候知道自己在做梦呢？而他能在人们的梦里穿梭。

他是一个梦旅人。

他是王子，他要到公主的梦里去。

于是王子继续上路。许多年后，他的名字被城堡里的人们传诵。在他们醒来后，有时仍然能记得些许王子的样子，知道这个人曾努力让自己的梦境甜美。

王子的消息就这样星星点点地传来，然后消失在薄雾里。

也许终于有一天，王子幡然醒悟，公主不过是自己一场漫长又不愿醒来的梦，又或者一切根本是在被别人梦到。

也许有一天，王子脱下崭新的盔甲，掀起华美的头盔，借着它的反光，看到了自己衰老不堪的脸。然后他突然明白，爱情并不是生活的全部。他也可以在某一个未知的梦里永远地停下来。

于是，他就停下来了。

chapter
/
38

少年图书馆

如果你认真地读过一本书，你小心翼翼地翻开它，像吮吸蜜汁一样阅读每个字眼，你会自然而然地（也是不由自主地）会对它产生这样的感觉：这本书是我，我的一生都藏在书里。你被巨大的喜悦充斥，然后，你向后翻动书页，发出或大或小的响声，直到手指的触感越来越模糊。

阿木是图书爱好者中的佼佼者，假如书痴有协会，他不是会长，也是协会中最高明的那位。自大学毕业起，阿木就开始在市图书馆工作，微薄的薪水和枯燥烦琐的整理工作并没有让他的热情有丝毫减少，对阿木来说，这不过是天堂里的一小丛荆棘。

不过阿木也有遇到麻烦的时候。最近他就碰上了对于图书管理员来说最棘手的事件：书籍丢失。

书是在周一的例行检查中发现丢失的，实际不见的时间可能更早，其实很好发现，在一排书的编号上，205之后跟着的就是207，但严格来说阿木并不算合格的图书管理员，他对书的兴趣大于管理，连例行检查他都草草带过。事后，阿木检查过借书登记卡，并没有看出端倪。紧接着他查看监控录像，除了他熟悉的那几个读者和他自己，没有别的人出现过。

这使阿木这个半吊子管理员也不得不意识到：书是被偷走的。

市图书馆并不热闹，到了工作日甚至称得上是冷清。手机和网络的普及让人的注意力支离破碎，那些愿意抱书度日的人则越发稀少。有时，阿木和书架前零零碎碎看书的人目光相碰，也会流露出惺惺相惜的神情。在这样的一个图书馆里，如果有人偷书，阿木一定能一眼看出来。

谁偷了书？怎么做的？为什么？这三个问题在阿木脑子里盘旋。

另外，失窃的书从《家庭医生》《读者》到《双城记》不等，偷书人的品位也着实让人捉摸不透。

苦思冥想自然想不出结果，这时候逐人调查才是最好的处理方式。（当然他也可以报警，但不是每个人都会像他一样把书看得比什么都重要。）偏偏阿木是内向的性格，内向并且怀旧。这也是他选择这份工作的又一个原因。

等阿木鼓起勇气询问的时候，图书馆里只剩下三五个读者。

“先生，请问……”阿木自己都觉得很突兀。

有一个人抬起头看了他一眼。

“不，没什么，打扰了。”他的声音在空旷的室内并没有激起太多回音。

直到图书馆闭馆阿木也没有问到想知道的东西，因为他根本开不了口。

两天后终于有人回答阿木了。

这是位中年人，戴着厚厚的眼镜，像学者一样。他在耐心听取阿木的疑问后不紧不慢地说：“也许有些书就应该去它们该去的地方，比如无声无息地消失掉。”阿木不知道怎么接话，他看见学者手上拿着一本字典。

这样的情况又持续了几天，渐渐地，阿木只是象征性地询问一下，然后就回到自己的桌子前继续徜徉书海。有时候有人来借书，提醒几次阿木才抬起头，为这馆长还批评了他。阿木想，之前丢的书难道也是这样马马虎虎丢掉的？

但如果是这样，有人拿着未登记的书往外走，报警器会让所有人知道。

就在阿木一筹莫展的时候事情终于出现了转机。某天早上，一个少女拿着一本书来还，阿木扫了一眼，《钝感力》，平庸之作，阿木没打算过多搭理她。没想到办理还书时却出现了问题，系统里根本没有这本书的借阅记录，也就是说，这本书不属于这里。

“你能不能动作快点？”少女说。

“很快了，很快。”阿木一边应道，一边在电脑里翻找序号，仍然没有。

“小姐，你是不是弄混了？这本书好像不是在这里借的。”阿木让自己敲键盘的动作显得缓慢而坚定，然后抬起头说道。

“别耍花招，赶紧把书还了，反正我是不想留着这书。”少女说。

阿木不知道少女哪儿来的这么大火气，只好又确认一遍，结果还是一样。

“装什么傻？”少女终于爆发，“这书不是你给我的吗？”

“我？我为什么要送你书。”

“我怎么知道，你当初兴冲冲要送我本书，还说这本书能代表我。”

“啊？”阿木说，“你是不是认错人了。”

这句话无疑是煽风点火。“除了你还能是谁，你这个混蛋。你在图书馆那边的座位看到我，然后说要送我一本书，莫名其妙，神经病。”少女说，“而我居然接受了。”

阿木这才看出来少女是有一点儿眼熟。

“可是，我是个管理员，那么做明显不合规定。”

“你当时也是这么说的。所以你把那本书给我以后，又自己买了一本，放回原处，只不过补上的书都没有编号。”

阿木深吸几口气才平复下心情。“但是……我为什么要那么做呢？”阿木说。

少女脸都有些涨红了。“这就是你最可恶的地方。”她说，“你根本不记得，你给每个你感到合适的女孩送一本书，说那本书适合她们。”

少女说：“她们以为这有什么意义，以为你喜欢她们，或是书中藏着秘密，于是认真读书，却什么也无从知道。”

“而你，你就是那个意思：‘这本书适合你。’这就是你混蛋的地方，而且你转眼就忘，重新钻进你的书堆里，你简直是世界上最差劲的男人。”

阿木不知道该不该道歉，他明明还没搞清状况。

“那我，为什么要这样做？”他小心地把问题复述一遍。

少女自顾自说着：“有时你会说起你送出的第一本书，当然，送给你喜欢的姑娘。那本书的名字已经模糊了，或者是你刻意忘记。你总是说，无论如何，那一定是一本格外适合她的书。”

“那是图书馆里‘失踪’的第一本书。”

“后来我开始明白，你不断地重复这个故事，和你不断送出形形色色的书，其实是同一件事。你要把那个故事藏在一遍遍的复述和解构中，就像你把那本叫不上名字的书藏在这座图书馆里一样。”

“现在，我受够了，我要把书还给你。”

少女一口气把话说完，看也不看阿木就走。“别问我为什么知道这么清楚，我才不想知道呢。”走前她说。

其实阿木还有一个问题：为什么我都不记得？

他心里隐约有了答案：也许是“我”不想记得。

准确地说，是那个以前的“我”。

阿木这样想着，突然想起学者的话：有些书就应该去他们该去的地方。觉得挺有道理，干脆不再想了，埋头准备看书。

找到书籍丢失的原因让他很高兴。

就在这时，好像又有人来还书，隐约能看出对方脸上带着怒气。

阿木不知道是该叹气还是该如何。

如果你认真读过一本书，你小心翼翼地翻开它，你从那本书身上看到了自己。之后，你还会读各种各样的书，多到连你自己都忘记。

而你最爱的永远是第一本书。

chapter

/

39

讲故事的人之二

不知从何时起，小说家日渐陷入无法写作的疲惫中。他的年龄并不大，比起一些同行，甚至可以说是资历太浅。但他的确写了很久。他很会讲故事，一部分是因为天分，一部分是小说家的义务。

一开始他以为这只是暂时的，但第一天过去了，第二天，第三天，他仍旧无法写出任何东西。失语症的另一种形式，他想。就像他曾经看过的那个有关中国猴子的故事一样，他悲哀地想，一个作家沦落到向墨水做成的猴子贡献灵魂和鲜血以换取灵感。他曾经对这个故事嗤之以鼻，不仅是对其平庸的构思，更是对小说里作家的堕落。

但如今他也沦落至此。此刻想起这个故事就是明证，他不再对那位作家那么鄙视也是明证。

这样也好，至少我不再那么刻薄，小说家想。

银行卡里的余额还足够维持他一个月的胡思乱想，家门口的邮箱里自然没有账单要付，和往常一样，只有数不清的读者来信。小说家从里面随便抽了一封，内容大同小异：喜欢你的故事。当然，我也喜欢，他想。然后把所有信都扔掉了，像他习惯做的那样。

在他创意源源不断的日子里，他喜欢“赠予”别人故事，就像富豪挥土如金，同时向别人炫耀自己的信手拈来。在网络发达的时代他已经无须亲自走上大街，只需要发条状态，或是进入类似“树洞”的社区，就有源源不断的人来向他倾诉，他被一个词或某个形象触动，就写个属于对方的故事。

作为一个小小的练习，这对他来说很简单。

有时候，他用“借”的方式。借对方一些什么东西，最好是对对方来说重要的东西，然后还给他们一个故事。他用这种方式来增加游戏难度，同时也在表示对自己故事的重视，尽管他的真实态度完全相反。

他来者不拒，观察对方的特质，想象他们的生活，然后去写那些他们永远不会做，却真正想做的事情。他的故事很成功，人们拍手叫绝，把他当作最了解自己的人。但他心里很清楚，对于任何人来说，不管他们承认不承认，自己不过是个外乡人——用窥探的方式从外部进入他们的夜晚，如此而已。他当然会写下去，为了职业素养。

因为不会起名，他时常给小说里的主人公一个动物的名字（的确，这会显得有些不负责），比如，又胖又有一点儿懒的人叫河马，讲话真真假假的人叫斑马，类似的还有猫、狗等常见动物，还有比较特殊的鳄鱼什么的。在发生一些事之后，他开始庆幸自己这么做，第一是动物天生比人类可爱，第二是……随着故事的继续，一些人不甘只做他的人物，想要进入他的生活，他用分寸感和谨慎避开。连这样一件乏味的事用他小说里的名字都能变得可爱：一个河马爱上我，我跑掉了。

他曾以为自己会这样一直写下去。故事越来越多了，他放松下来，不再使用“小说家”这个充满隔阂感的名字，转而自称“讲故事的人”，就是古代时，围着篝火，第一个开口说话的那个人，或者在遥远的北极，缩成一团，用语言取暖的爱斯基摩人，讲故事的人。

他开始和更多人打交道，有人喜欢他，也有人嗤之以鼻——就像他讨厌那个中国猴子的故事一样。有一次，一个人用意想不到的方式来表达对他故事的爱和重视，那是他随手写给她的故事，质量平平，她则把它当作自己被癌症带走前给世界留下的最后的声音。他记得她在故事里是一只人畜无害的小白鼠。

无疑，故事的分量变重了，他不得不承认，它们再也不是一个赠品或者练习，他必须把每个故事都讲得很用心，除了人物的特质之外，还藏了有关自己的小秘密。他不断地讲啊讲，期待回应。

他的主角换了一拨又一拨。

他就这样把自己掏空。

这是他后来才明白的事实。想要的回应一直没有出现，他给不同的人讲故事，送给他们属于他们特质的东西，在这个过程中他心中的一部分也随着消失了。他好像一个车站，人们不断地从他身边经过，拿走一些东西，发出一两句感叹。而他则说着：祝你平安，一路顺风。

后来，他感到疲惫，于是自己也走在路上——当然，连这个行为也是虚构的。他笔下的人物总是在旅行，旅行是他不甘固守的心。

没有关系，讲故事的人想，所有人都是如此。

他继续着连载，在网上 PO 出一个个小故事，这就是他旅行的方式，如果说以前是赶路的话，现在则是蹒跚前行。他想，等我累了，就停下来。

他不知道的是，在某个地方，有一只“水獭”，一直在追寻着他。在一个意外的时刻小说家闯入了她的心，为她讲一个故事，帮她看清了自己的未来，诸如此类的理由。水獭每天都在网上读他的连载，有时甚至会为他写给别人的故事吃醋。一段时间过去了，她发现他写得越来越慢，他的笔触很沉重。

让我来帮帮他，水獭想。

她花钱从别的读者那里买到了他的通讯地址，然后，她开始给他写信。信寄出去一去无回，但她并不灰心，这是她意料之中的事，小说家只是比他传闻中更难缠了那么一点儿而已。

直接拜访还不是时候，那样太过突兀，况且，水獭对自己的样子不够自信。

于是她做起了再自然不过的事，她也讲起故事。她知道，有很多被小说家影响的人都在以这样或那样的方式接近他，例如，学他的方式写一个故事，或者，像他笔下的人一样生活。自己这种做法并不新颖。

但水獭有足够的自信让他看见自己，因为她最了解他。她相信自己能写出让他惊叹的故事，直达他心底的秘密。

有一天，讲故事的人习惯性地打开电脑。邮箱里的账单开始堆积，时间紧迫，他要出门上班。他把当天的新闻看了一遍，乏味并且大同小异，然后，仍然是出于习惯，他打开过去贴小说的网站。

他看见了熟悉的笔触，稚嫩却生动，和自己开始时一样，有一瞬间他怀疑是自己在什么时候写的。很早之前，他受到启发，第一次尝试开始讲一个故事的时候，也是用这样的语调。

时间不多了。他什么也没有做，揉了揉眼睛，关上电脑。

在不再写作的日子里，他还有好多话想讲，却始终没有讲，这些话，他决定都留给自己。

这是他最后一个故事，一只墨水猴子，他自己。

图书在版编目（CIP）数据

我们仍未知道，爱的样子 / 里吃香著 .—北京：
中国华侨出版社，2014.9
ISBN 978-7-5113-4925-5

Ⅰ．①我… Ⅱ．①里… Ⅲ．①故事—作品集—中国—
当代 Ⅳ．① I247.8

中国版本图书馆 CIP 数据核字 (2014) 第 223115 号

我们仍未知道，爱的样子

著　　者：里吃香
出 版 人：方　鸣
责任编辑：紫　夜
装帧设计：任凌云
经　　销：新华书店
开　　本：710mm×1000mm 1/32　印张：6.75　字数：127 千字
印　　刷：北京慧美印刷有限公司
版　　次：2014 年 11 月第 1 版　2014 年 11 月第 1 次印刷
书　　号：ISBN 978-7-5113-4925-5
定　　价：32.80 元

中国华侨出版社 北京市朝阳区静安里 26 号通成达大厦 3 层 邮编：100028
法律顾问：陈鹰律师事务所
发行部：（010）82068999 传真：（010）82069000
网 址：www.oveaschin.com
E-mail：oveaschin@sina.com